RELIURAL 1978

OEUVRES

CHOISIES

DE

Monsieur F.ᵉ HINARD, Avocat,

Membre de plusieurs Sociétés littéraires.

.... Ego, apis Matinæ,
More modoque.
Hor. Liv. iv. Ode i.

TOME PREMIER.

SE VEND A PARIS,
Et chez les principaux Libraires des départemens.

1827.

OEUVRES

CHOISIES.

1844

OEUVRES

CHOISIES

DE

Monsieur F.ˢ HINARD, Avocat,

Membre de plusieurs Sociétés littéraires.

.... Ego, apis Matinæ,
More modoque.
Hoa. Liv. iv. Ode i.

TOME PREMIER.

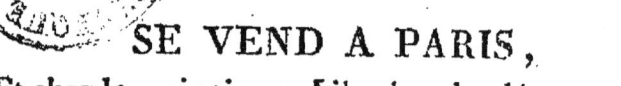

SE VEND A PARIS,

Et chez les principaux Libraires des départemens.

1827.

MONTAUBAN, IMPRIMERIE DE PH. CROSILHES.

PRÉFACE

DE L'ÉDITEUR.

Le Recueil que j'offre au public sous le titre d'*OEuvres choisies*, se compose, en effet, des pièces les plus gracieuses et les plus soignées qui aient échappé à la muse facile de M. Hinard. Ce poète agréable et léger a marqué toutes ses productions du cachet de son talent d'autant plus précieux, qu'il est aujourd'hui plus rare ; je veux dire le naturel et l'enjouement ; mais, outre que, parmi les nombreux sujets qu'il a traités, tous

A 3.

ne sont pas également propres à inté-
resser les lecteurs de tous les temps
et de tous les lieux, il en est où sa
facilité d'écrire a laissé introduire quelques négligences, que ne pardonnerait
pas un siècle aussi puriste que le nôtre.

Un choix était donc indispensable : il
a été fait par l'auteur lui-même avec une
sévérité bien méritoire dans un poète.
Nombre de pièces, louées par les jour-
naux littéraires, à une époque où l'on
était difficile en France sur ce genre
de poésie, ont été retranchées de ce
recueil. Jaloux de n'offrir aux amis des
lettres rien qui ne fût digne d'eux et
de lui, M. Hinard a réprimé tout mou-
vement de faiblesse : vers heureux,
traits naïfs ou piquans, rien n'a pu

compenser à ses yeux le défaut de régularité et de correction.

Qu'on n'aille pas croire cependant que les morceaux qui ont résisté à une opération si rigoureuse, aient perdu quelque chose de leur caractère distinctif; qu'ils aient remplacé par la raideur ou la contrainte, ce qu'ils ont perdu en aisance et en mollesse ; c'est toujours le même abandon, la même grâce ; et pour nous servir d'une des plus heureuses expressions d'un grand juge en cette matière, *c'est l'art de plaire et de n'y penser pas.* Aussi espérons-nous que les dames accueilleront favorablement cet hommage d'un poète qui pourrait paraître n'avoir chanté que pour elles, si l'on ne savait pas que la lyre de M. Hinard, qui prélude parfois aux tons les plus élevés, n'exprime que ces sentimens généraux de galanterie, si long-temps en honneur parmi nous. Au reste, la pudeur la plus scrupuleuse n'aura jamais à rougir, et ses yeux ne s'armeront pas de colère, contre une muse badine, mais décente, même dans ses plus grands écarts.

L....

OEUVRES
CHOISIES.

~~~~~~

ÉPÎTRE A LA ROSE.

ALLÉGORIE.

———✳———

Rose aimable, divine fleur,
Que charment les pleurs de l'aurore!
J'aime à respirer ton odeur;
Seule tu parles à mon cœur :
Dans les rians jardins de Flore
Tu me ravis par ta fraîcheur.
De la beauté vivante image,
Parfait modèle de candeur,
Tu fixes l'œil le plus sauvage;
Le papillon le plus volage,
Près de toi cherche le bonheur.

A 5.

A chaque instant il te caresse;
S'il t'abandonne quelquefois ,
Il revient bientôt, il te presse,
Il aime à vivre sous tes lois.
Ah! souffre aussi, dans mon ivresse,
Que je te donne un doux baiser!
Rose , permets-moi de l'oser,
Ne crains rien de ma hardiesse;
Après ce baiser , le zéphir
Viendra te caresser encore,
Et l'Amour voudra te cueillir,
Pour parer mon Eléonore.
Oh! que tu feras d'envieux ,
Lorsque sur sa tête placée,
Et dans ses cheveux enlacée,
Tu folâtreras sur ses yeux!
Combien sera grand ton délire!
Les dieux même dans leur empire,
Malgré leur puissance et leurs vœux,
Seront encor bien loin d'atteindre
Au bonheur dont tu vas jouir!
Comme toi , fille du plaisir,
Ta rivale ne sait pas feindre.
Aimable et belle , ainsi que toi,
A tous les cœurs elle sait plaire ,

Car chacun dit, sans nul mystère :
Je voudrais qu'elle fût à moi ;
On dirait Vénus échappée
Du sein de sa brillante cour,
Qui vient embellir ce séjour :
Je t'y vois toi-même trompée.
Lorsque tu verras chaque jour
L'enfant de Cythère et les Grâces,
Voler à l'envi sur ses traces,
Et la caresser tour à tour.
Mais dans ton amoureuse ivresse,
Je te demande un souvenir ;
Le refuser à ma tendresse,
Ce serait me faire mourir.
Quand tu presseras sa paupière,
Presse-la si légèrement,
Qu'à travers ta feuille légère
Je puisse voir cet œil charmant
Qui triomphe du plus sévère,
Qui dit d'oser, et puis défend.
Accorde-moi, charmante Rose,
Cette douce et grande faveur ;
Rappelle-toi qu'à peine éclose,
Ton sort intéressa mon cœur :
J'ai droit à ta reconnaissance ;

Souviens-toi de ce jour affreux,
Où mille vents impétueux
Se jouaient de ton existence ;
Je volai vite à ton secours ;
Mes mains de ta tige légère,
Furent l'appui ; de leur colère
Je garantis ainsi tes jours.
Avec quel plaisir ma pensée
Me reporte vers cet instant,
Où, d'un grand péril menacée,
Mes soins finirent ton tourment ;
D'effroi ton ame était glacée,
Je lui rendis le sentiment.
A ton tour sois ma bienfaitrice ;
Ce que j'ai fait alors pour toi,
Je crois qu'il est dans la justice
Que ton cœur le fasse pour moi.
Aimable et belle Eléonore,
Pardonne un instant mon erreur,
Si quand l'amour pour toi colore,
La rose, dont tu dois encore
Augmenter l'éclat, la fraîcheur,
J'ai pu sans craindre ta rigueur
Un seul moment porter envie
Au destin de l'aimable fleur

Qui sur toi veut perdre la vie,
Pour savourer le vrai bonheur !
Quelle plus douce destinée
Que celle de vivre et mourir
Dans le sein même du plaisir ;
En est-il de plus fortunée ?

ÉPÎTRE A SOPHIE G...

SUR LES AVANTAGES DE L'INSTRUCTION.

Vous êtes, aimable Sophie,
Dans cet âge heureux où le cœur,
Libre de soucis et d'envie,
En tous lieux trouve le bonheur :
Conservez cette paix profonde,
Elle est la compagne des arts ;
Sans eux on n'est rien dans le monde,
Eux seuls méritent vos regards.
Laissez à la folle Glycère

Le vain désir qu'elle a de plaire
Dans nos cercles de beaux diseurs ;
Laissez-la parler de ses fleurs,
De ses schalls, de sa chiffonnière,
Et de mille futilités
Qui la captivent toute entière,
Ainsi que tant d'autres beautés.
N'imitez pas son ton frivole ;
La beauté passe, fuit, s'envole ;
Le caractère et les talens
Nous restent toujours après elle,
Ils sont les plus beaux ornemens
Qui doivent parer une belle.

De cette grande vérité
Pénétrez-vous, jeune Sophie ;
Que vos premiers pas dans la vie
Redoutent le souffle empesté
Des folles maximes du monde ;
L'homme est comme un vaisseau sur l'onde
Qui vient de perdre ses agrès ;
Il lutte en vain contre sa perte,
Un rien l'abat, le déconcerte,
On le voit perdu pour jamais,
Si, sur les bords du précipice,

Une main sûre et protectrice
Ne vient l'arracher au danger
Qui de toutes parts l'environne,
Sans qu'il s'avise d'y songer,
Quand tout le monde s'en étonne.

L'étude est un moyen bien sûr
Contre ce dangereux naufrage.
On regrette dans l'âge mûr
D'avoir été jadis volage,
D'être enfin sans instruction,
Et de faire dans un salon
Tout simplement tapisserie,
Quand tout y respire la vie
Par le savoir et le bon ton.
Une femme, chère Sophie,
Qui peut prétendre, comme vous,
A figurer dans le grand monde,
Doit trouver, sans doute, bien doux
Qu'on l'instruise, qu'on la seconde
Pour en être un jour l'ornement,
Par sa douceur, par sa sagesse,
Par son esprit, par le talent:
Voilà les vœux que fait sans cesse
Celui dont la pure tendresse

Vous adopta pour son enfant,
Suivez ses leçons paternelles,
Chaque jour de grâces nouvelles
Viendront éclore sur vos pas ;
Quand on joint à de vrais appas
De véritables connaissances,
On peut avoir des espérances
Que l'orgueil lui-même n'a pas.
Toujours le voile qui le couvre
Disparaît devant l'homme instruit ;
Dès-lors l'ignorant se découvre,
Et bientôt le mépris le suit.

Évitez ce fatal exemple,
Aimable et généreux enfant !
Que sans cesse en vous on contemple,
Le bon esprit, le sentiment :
Soyez leur autel et leur temple,
Vous couronnerez tous les vœux ;
Mais fuyez toutes ces lectures,
Dont les détails fastidieux
Gâtent l'esprit par des peintures
Qui font circuler le poison
Dans tous les replis de notre ame ;
Le cœur trop aisément s'enflamme ;

Point de romans; à la raison
Ils font une guerre éternelle,
Leur lecture est toujours mortelle.
Si vous écoutez mes avis,
Vous donnerez la préférence
A ces classiques qu'on encense,
Dont on sera toujours épris.
Lisez Lalande et Maupertuis, *
Dont la science sans seconde,
Dévoilant les secrets des Dieux,
Naguère étonna tout le monde
Et nous fit lire dans les cieux;
Dignes rivaux de Fontenelle,
Et des Rohault et des Newtons,
Ils firent aimer leurs leçons,
Dont la marche simple et nouvelle
Charma toutes les nations.
Lisez les Lettres à Sophie,
Pleines d'esprit et d'agrément,
Que Martin donna récemment
Sur la Physique et la Chimie.
Dans ces lettres il traite encor
Des plantes, des fleurs, de leur règne;

* Sophie, dans l'âge le plus tendre, avait une prédilection marquée pour les ouvrages scientifiques.

Cet ouvrage est un œuvre d'or,
Où la plus grande clarté règne,
Qu'on lit et relit sans effort.

De Dumoustier, comme Émilie,
Suivez les magiques leçons :
On peut souvent, dans les salons,
Faire un cours de Mythologie,
Jouer sur les comparaisons ;
Car si vous ignorez l'histoire
Des faux dieux de l'antiquité,
La déesse de la beauté,
Dont vous balancerez la gloire,
Pourrait être prise, par vous,
Pour un personnage ordinaire ;
Minos pour un juge bien doux,
Et Junon pour une bergère.
En lisant cet auteur charmant,
Dont la plume sème des roses,
Vous connaîtrez parfaitement
D'Ovide les métamorphoses,
Où le mélange curieux
De la vérité, du mensonge,
Séduit la raison et la plonge
Dans l'océan du merveilleux !

Parcourez ensuite l'histoire
Des grands peuples de l'Univers ;
Classez bien dans votre mémoire
Et les époques de leur gloire
Et les causes de leurs revers ;
Étudiez leur caractère,
Leurs mœurs ; mais, pour lire avec fruit,
Il n'est qu'une seule manière,
Elle allège d'ailleurs l'esprit.
Lisez toujours avec méthode
Et sans précipitation ;
Il est des femmes à la mode
Qui, par désœuvrement, par ton,
Lisent sans choix et sans envie ;
Ne les imitez point, Sophie ;
Lisez avec attention ;
Pesez, mûrissez vos lectures,
Sachez vous en rendre raison,
Mais puisez dans des sources pures.

Pour flatter votre esprit naissant,
Du jeune Anacharsis en Grèce,
Lisez le voyage charmant,
Il plaît, il charme, il intéresse

L'homme le plus indifférent.
Il est encor d'autres voyages
Bien écrits et bien précieux,
Et qui, parcourant tous les âges,
Instruiront nos petits-neveux.
Donnez aussi la préférence
Aux ouvrages de Levaillant
Et de La Harpe, que la France
Tient déjà comme un monument
D'érudition, de science :
Et lorsqu'avec ces voyageurs,
En parcourant la terre et l'onde,
Vous aurez fait le tour du monde,
Vos récits charmeront nos cœurs.

De Monfaucon vous devez lire
Les célèbres antiquités ;
Par elles vos sens reportés
Vers ces vieux temps où le délire,
Remplaçant la saine raison,
Divinisait jusqu'au sourire
D'un monarque ou d'un histrion,
Vont s'étonner des bigarrures
De l'esprit de nos bons aïeux.
Ici, des temples somptueux,

Élevés à des créatures,
De toutes parts frappaient les yeux.
Un Terme, la Vertu, le Vice
Recevaient là leur pur encens;
Plus loin, un bœuf, une génisse,
Une pierre, un oiseau, les vents
Exigeaient d'eux un sacrifice.
Chaque bourgade avait ses dieux,
Ses prêtres, ses cérémonies,
Ses bons et ses mauvais génies;
C'était un temps tout merveilleux!
En parcourant ce docte ouvrage,
Vous aurez autant de plaisir
Qu'en goûte l'amoureux zéphir,
En folâtrant dans un bocage,
Parmi les roses et les lis,
Dont tour à tour il est épris.

Mais pour le style épistolaire,
Vous devez choisir Sévigné;
Les savans n'ont pas dédaigné
D'imiter sa plume légère;
Ses lettres sont pleines, d'ailleurs,
D'une foule de traits d'histoire
Qu'on ne lit point dans les auteurs;
Tom. I.   B

Ils orneront votre mémoire,
Comme elles charment tous les cœurs.

Dans La Bruyère et Théophraste,
Dont l'esprit savant et profond,
Et le génie encor plus vaste,
Leur acquit l'admiration
Des critiques les plus sévères,
On voit le fidèle tableau
Des mœurs du temps, des caractères,
Source de biens ou de misères
Qui jaillissent dès le berceau,
Et ne s'épuisent qu'au tombeau.
On y voit la saine morale
Mise sans cesse en action;
C'est l'étude de la raison,
Aux préjugés toujours fatale.

Pour paraître avec agrément,
Vous devez avant tout, Sophie,
Connaître bien parfaitement
L'histoire de votre patrie.
Des sciences et des beaux-arts,
Qui, dus quelquefois aux hasards,
Développèrent son génie.

Quand on n'en sait que quelques mots,
On peut risquer, à tout propos,
D'exciter un malin sourire;
Il faut éviter ces défauts,
Ils prêtent très-souvent à rire,
Et l'on sent, mais un peu trop tard,
Ou bien que l'on n'a pas su lire,
Comme il arrive à la plupart,
Ou qu'on n'a pas voulu s'instruire.
Évitez ce funeste écueil;
Que l'étude soit pour Sophie
Le premier besoin de la vie.
Elle doit fuir sur-tout l'orgueil
Qui s'empare, pour l'ordinaire,
Des femmes visant à l'esprit;
C'est un vice qui rembrunit
Tout leur mérite littéraire,
Quelquefois même il le détruit.
Votre bonté, votre sagesse
Nous sont, Sophie, un sûr garant
Que vous rejetterez sans cesse
Loin de vous un tel sentiment;
Que vous serez toujours aimable
En dépit de mille jaloux,
Par votre caractère affable

B 2.

Et par votre esprit agréable :
Ce sont là mes vœux les plus doux :
Puissent-ils, heureuse Sophie,
Ajouter à votre bonheur !
Charmer le cours de votre vie !
J'ai dit ce que pense mon cœur.

ÉPÎTRE A MISS,

PETITE CHIENNE ÉPAGNEULE
DE MADEMOISELLE ADÈLE M......

Oui, je l'ai vu ce beau ruban,
Que, par une faveur nouvelle,
A ton cou la charmante Adèle
Vient d'attacher si galamment :
Voilà ta toilette finie ;
Tu ne dois plus rien exiger,
Aimable Miss, de ton amie.
Ton bonheur est digne d'envie !

Je voudrais bien le partager !
Je voudrais, comme toi, près d'elle,
Passer et les nuits et les jours ;
Je n'aurais plus d'autres amours,
Je ne serais plus infidèle !
Je n'aurais d'autre sentiment
Que celui d'aimer et de plaire.
Je l'avoûrai sans nul mystère,
Adèle serait constamment
L'unique objet de mes pensées ;
Et sur mes fredaines passées,
Tirant un très-épais rideau,
Je serais un homme nouveau,
Qu'à la raison la jeune Adèle
Aurait pour toujours ramené.
A son char sans cesse enchaîné,
Comme à celui d'une immortelle,
L'amour peut-être eût couronné
Ma flamme constante, éternelle !
Si j'étais Miss, lorsque sa main,
Pour me témoigner sa tendresse,
Me presserait contre son sein,
Rendant caresse pour caresse,
On verrait mon petit museau
Rendre, sur ses lèvres mi-closes,

B 3.

Le baiser que j'aurais reçu ;
Et de plaisir mon cœur ému,
En voyant les lis et les roses
Peints sur son front par la pudeur,
Tenterait, malgré sa défense,
De jouir encor du bonheur
De prouver sa reconnaissance !

ÉPÎTRE

A MADAME LA DUCHESSE DE POLIGNAC,
QUI A PRÉFÉRÉ AU SÉJOUR DE PARIS,
CELUI D'UNE MAISON DE CAMPAGNE AUX
ENVIRONS DE MONTAUBAN.

AINSI donc, fuyant des plaisirs
La foule importune et bruyante,
Tu viens, sur l'aile des zéphirs,
En divinité bienfaisante,
Charmer les hôtes de ce lieu:

Comme toi, modeste duchesse,
Ils aiment les lis et leur Dieu.
Oui, comme sur le tien, sans cesse
Charles régnera sur leur cœur;
Tu jugeras de leur promesse,
Par leur bonté, par leur candeur.
Tantôt, tout ravis d'allégresse,
En te voyant au milieu d'eux,
Ils s'empresseront, pour te plaire,
De folâtrer sur la fougère
Au son du galoubet joyeux.
Tantôt, dépouillant la prairie
De ses plus odorantes fleurs,
Les uns viendront, l'ame ravie,
T'en offrir les dons enchanteurs,
Que Flore, en dépit de l'envie,
Gardait pour la reine des cœurs;
Tandis que sous l'épais feuillage
Du chêne antique et révéré,
Les plus anciens de ce village,
Suivant l'usage consacré,
Raconteront, d'un ton de sage,
A leurs jolis petits enfans,
Des histoires du bon vieux temps.
Plus loin, à l'ombre du bocage

B 4

Que parcourent mille ruisseaux,
L'amour, cessant d'être volage,
Réunira sous ses berceaux
Cloé, Tircis et leurs troupeaux;
Et, pendant que sur le rivage
Leurs moutons, qui sont du secret,
Paîtront le thym, le serpolet
Dont abonde le pâturage,
D'accord avec le dieu d'hymen,
Il viendra charmer leur destin,
Et cimenter leur doux servage,
En les pressant contre son sein,
Tous les oiseaux du voisinage,
Loin de jalouser leur bonheur,
Dans leur vif et tendre ramage,
Divulgueront cette faveur.
Quand pour toi l'écho solitaire
Répétera leur chant d'amour:
Ainsi, tu verras chaque jour
Que, sur cette terre étrangère,
Tous les cœurs voudront, tour à tour,
Et te bien aimer et te plaire.
Tu vois déjà que, sans détour,
On environne ton séjour
De l'affection la plus chère.

Nos villageois n'ignorent pas
Tous les plaisirs qu'offre Lutèce ;
Plusieurs, quand ils étaient soldats,
Ont vu la cour avec ivresse,
Le Panthéon, le Champ-de-Mars,
Et toutes les beautés qu'étale,
Dans les lettres et dans les arts,
Cette savante capitale.
Enfin, plusieurs ont vu Paris,
Et le souvenir de ses fêtes
Occupe encore leurs esprits,
Bien plus que toutes nos conquêtes;
Exceptons celles de Louis,
Qui, remontant sur son vieux trône
Où le crime s'était assis,
Dans le cœur des Français soumis
Trouva son antique couronne.
C'est ce magique souvenir
Qui sur eux règne avec empire,
Qui souvent les porte à se dire :
Pourquoi, quand tu peux embellir
La cour de nos rois et la ville,
Tu préfères le simple asile
De nos colons laborieux,

A celui des palais pompeux
Témoins des jeux de son enfance,
Et dont tes austères vertus
Relevaient la magnificence;
A ces palais où tu reçus,
Par les soins d'une illustre mère,
Les talens qui te font aimer;
Lorsque le ciel, pour tout charmer,
T'avait accordé l'art de plaire.

Ainsi raisonnent chaque jour
Nos bergers, même le vicaire,
Qui prend aussi pour un mystère
Que tu chérisses ce séjour.
C'est une chose qui m'étonne!
Avec de l'esprit, des talens,
Il fait preuve, dans ces momens,
Qu'il n'est pas docteur en Sorbonne;
Car, les plus simples argumens
Qu'on se fait dans ces conjectures,
Amènent toujours à penser,
Sans user même de figures,
Que le ciel, pour récompenser
Notre amour constant pour le prince,
A distingué cette province,

En lui léguant le vrai portrait
De toutes les vertus célestes
Qui charment ces sites agrestes,
Et rendent leur séjour parfait.

Trop aimable et bonne duchesse!
Vis long-temps au milieu de nous;
Tu nous verras toujours, sans cesse,
De tes bontés être jaloux;
Tu nous verras d'un même zèle
Nous empresser autour de toi.
Nous voulons vivre sous ta loi;
La promesse en est solennelle;
Nous te donnons tous notre foi.
Déjà tout ce qui t'environne
Porte l'empreinte du bonheur;
Que peut encor t'offrir mon cœur?
S'il le pouvait, une couronne!

ÉPÎTRE

A chanter les travaux d'Alcide,
Ma muse trouve peu d'appas;
Tour à tour volage et timide,
Elle fuit l'horreur des combats;
Au bruit des trompettes guerrières,
Elle préfère les accens
D'un essaim de jeunes bergères,
Lorsqu'au retour du doux printemps
On les voit loin de leurs chaumières,
Former mille danses légères
Autour de leurs troupeaux bêlans.
Si l'orgueilleuse Melpomène
Du Pinde habite les hauteurs,
Erato, sur un lit de fleurs,
Est assise aux bords d'Hippocrène.
Qu'Homère chante des héros

Nourris au milieu du carnage;
Qu'Young, errant sur des tombeaux,
Des morts répète le langage;
Que Nolet, Rohault et Newton,
Sondant les lois de la nature,
Viennent purger notre raison
Des faux systèmes d'Épicure:
Bien loin d'envier leur talent,
J'abjure leur philosophie;
J'aime mieux être moins savant,
Que de rêver toute ma vie.
Je me plais au bord d'un ruisseau
A méditer Merthgen, Lafare,
Chaulieu, Gresset ou Colardeau.
Tantôt c'est Bernard qui m'égare
Dans ces labyrinthes charmans,
Que l'amour cultive à Cythère,
Où règne avec lui le mystère,
Protecteur des tendres amans;
Tantôt, sous un dais de feuillage,
Avec Léonard ou Gessner,
Au dieu Pan j'offre mon hommage,
Ou je répète le concert
Des oiseaux du prochain bocage.
    Comme eux de l'enfant de Cypris

J'ai chanté les divers caprices;
Il présidait à mes écrits ;
Je vous en offre les prémices.
Secondez les vœux de ce Dieu ;
Daignez permettre, P........,
Qu'ils paraissent sous vos auspices.
Le chantre des tendres amours
Qui suivent sans cesse vos traces,
Ne doit-il pas offrir toujours
Ses vers à la mère des Grâces !

MON RÊVE.

ÉPÎTRE A NELY B....

Quor qu'en dise le grand Albert,
Nely, je ne crois plus aux songes,
Et je les tiens pour des mensonges,
Que tous les diables de concert
Nous suscitent pour nous séduire,
Lorsqu'environné de pavots, ,

Morphée, avec un doux sourire,
Vient d'enchaîner sous son empire
Et l'homme d'esprit et les sots.
Par diables, car faut-il le dire,
J'entends les hôtes de l'enfer,
Moloch, Belzébuth, Lucifer,
L'Amour, les Grâces et leur mère :
Tous ces gens-là sont des lutins,
Qui, dans l'un et l'autre hémisphère,
Tourmentent les faibles humains.
Je ne crois plus à leurs augures,
Car ils m'ont si souvent trompé ;
Par tant d'affreuses impostures,
Qu'aux rians vallons de Tempé,
Mon cœur, à la raison docile,
Préférerait, sans contredit,
D'un ermite le pauvre asile,
Si je pouvais, dans son réduit,
Être à l'abri de leur malice.
Mais à quoi bon faire des vœux ?
Évite-t-on le précipice
Où tombent tant de malheureux ?
Je m'offre en exemple moi-même.
Ecoutez, charmante Nely,
Un songe qui m'a tout ravi :

Pressé par un sommeil extrême,
Il m'a semblé que sur des fleurs
Que caressait un doux zéphire,
Le Dieu qui règne sur les cœurs,
Qui soumet tout à son empire,
Lui-même a voulu me conduire.
« Dors, m'a-t-il dit en souriant,
« Repose en paix dans ce bocage;
« Tandis que sur toi doucement,
« De nymphes un essaim volage,
« Pour charmer, flatter ton repos,
« Agiteront les verts rameaux,
« Qui te prêteront leur ombrage.
« Il dit, et sous l'épais feuillage
« Le dieu d'amour s'enfuit soudain,
« En me disant d'un ton de sage :
« Adieu, mon cher, jusqu'à demain. »
Bientôt je sentis ma paupière
Tout doucement s'appesantir,
Et presque aussitôt la lumière
A mes yeux ne vint plus s'offrir.
Heureuse nuit! toute ma vie,
Malgré les jaloux et l'envie,
Tu charmeras mon souvenir!
Le dieu de Paphos ou le diable,

J'ignore encor lequel des deux,
Dans un songe trop délectable,
Vint te présenter à mes yeux.
Tu n'avais pour toute parure
Que tes vertus et ta candeur;
Sur ta tête, une simple fleur,
Sans art nouait ta chevelure,
Dont quelques boucles sur ton sein
Venaient errer à l'avanture,
Et semblaient vouloir, à dessein,
Me cacher un trésor divin
Que tu reçus de la nature.
Autour de toi les jeux, les ris,
Pan et la nymphe bocagère,
A l'envi cherchaient à te plaire;
L'un chargé de roses, de lis,
Dont les dieux te firent l'image,
Venait t'en présenter l'hommage;
Je vis l'autre pour toi cueillir
Les plus riches dons de Pomone.
Ceux-là tressaient une couronne
Qu'ils brûlaient aussi de t'offrir;
Tous enfin, mus par le désir
De prouver à leur souveraine
Combien ils bénissaient leur chaîne,

Tom. I. B

Faisaient au mieux pour te ravir.
J'étais au comble de l'ivresse!
Mes sens transportés de plaisir,
Partageaient leur vive allégresse,
Et je désirais de m'unir
A cette troupe enchanteresse.
Comme elle, Nely, je voulus,
Dans le délire qui me presse,
Payer à tes rares vertus
Ma part de ces justes tributs
Qu'à tous commande ta sagesse.
Mes pas, guidés par l'amitié,
Se sont portés vers la prairie,
Où de concert et de moitié,
J'ai cueilli cette fleur jolie,
Qui près de toi toujours se plaît,
Puisque tu lui donnes la vie;
Elle manquait à ton bouquet.
Cette fleur était la pensée.
Content, je volai te l'offrir:
Peut-être qu'on l'eût vu périr
Pour avoir été délaissée,
Quand elle devait embellir
La guirlande que le plaisir
En ma présence avait tressée.

Ne pouvant plus me contenir
Dans mon impatience extrême,
A ton corset déjà moi-même
Je plaçais cette belle fleur,
Lorsque l'Amour, à tire-d'aile,
D'un ton colère, avec aigreur,
Est venu me faire querelle,
En taxant de témérité
L'offrande toute naturelle
Que je faisais à la beauté ;
Il m'a pris le bout de l'oreille,
Et me secouant fortement,
Il m'a réveillé brusquement.
Adieu, beaux lis, rose vermeille,
Tout a fui dans le même instant :
Il ne me reste de mon songe
Qu'un agréable souvenir ;
Pour moi seul il fut un mensonge :
Nely doit toujours nous ravir !
Amour, quand tu voudras punir
L'ami, le vieux chantre des Grâces,
Fais que sans cesse, à l'avenir,
Il trouve Nely sur ses traces ;
A ses pieds il voudrait mourir.

ÉPÎTRE

AUX TOURTERELLES DE SOPHIE.

Heureux oiseaux, troupe chérie,
Image des tendres amans,
Que j'aimerais les beaux instans
Que vous passez près de Sophie!
Votre esclavage est bien plus doux
Que cette liberté ravie
Dont vous jouissiez loin de nous.
Pourriez-vous regretter encore
Ces vallons fleuris, ces berceaux,
Dont le timide amant de Flore
Caresse les naissans rameaux?
Asiles aimés de Glycère,
Lorsque loin du bruit, des jaloux,
Elle entretient sur la fougère
L'objet qu'elle veut pour époux;
Ici vous n'aurez plus à craindre

Les traîtres filets du chasseur ;
L'épervier, oiseau destructeur,
N'y viendra jamais vous contraindre
D'abandonner à ses désirs
Votre chère et tendre nichée ;
Par Sophie elle est protégée,
Et seule charme ses loisirs.

Heureux oiseaux, troupe chérie,
Image des tendres amans,
Que j'aimerais les beaux instans
Que vous passez près de Sophie !

Vous n'entendrez plus le serin
Chanter les amours des bergères ;
Ni des bois les nymphes légères,
Celles du folâtre Sylvain.
Mais quelle douce mélodie
Succède à leurs rustiques chants !
Est-il de plus nobles accens
Que ceux de la belle Sophie ?
Quelle heureuse captivité !
Sans doute une divinité
Vous a ménagé cet asile ;
Jouissez-y d'un sort tranquille ;

Sous l'empire des ris, des jeux,
Pourriez-vous être malheureux?

Heureux oiseaux, troupe chérie,
Image des tendres amans,
Que j'aimerais les beaux instans
Que vous passez près de Sophie!

Toujours attentive à prévoir
Ce qui peut alléger vos chaînes,
Sitôt que l'étoile du soir
Du laboureur suspend les peines,
De Flore elle court les bosquets,
Et des fleurs cueillant les plus belles:
C'est pour vous, jeunes tourterelles
Que je viens former ces bouquets,
Dit-elle: enlacés en guirlandes,
J'en ornerai votre séjour;
Sous leurs festons, au dieu d'amour,
Vous présenterez vos offrandes.
Elle dit: et d'un pas léger
Quittant les prés de l'Héritage (*),
Que les dieux semblent protéger,
Elle va de votre esclavage,

(*) Nom d'une maison de campagne.

Et par ses soins, et ses présens
Vous faire chérir les momens.

Heureux oiseaux, troupe chérie,
Image des tendres amans,
Que j'aimerais les beaux instans
Que vous passez près de Sophie !

L'onde fraîche d'un clair ruisseau
Qui tombe avec un doux murmure
Du sommet pierreux d'un coteau
Sur un lit naissant de verdure,
Et fuit sous le prochain berceau,
Ne calme plus la soif pressante
Qu'excite en vous un jour d'été.
Votre geolière bienfaisante
Munit votre asile enchanté
D'une onde aussi fraîche, aussi pure
Que celle où l'aimable Doris
Vient au réveil de la nature
Mêler et la rose et le lis
A des grâces toujours nouvelles,
Qu'Amour couronne de ses ailes.
Vous n'y manquerez point de grains,
Vous en aurez de toute espèce;

Son amour pour vous, sa tendresse,
Veillent à vos heureux destins.

Heureux oiseaux, troupe chérie,
Image des tendres amans,
Que j'aimerais les beaux instans
Que vous passez près de Sophie !

Si comme vous les dieux puissans
M'eussent fait naître tourterelle,
J'aurais consacré mes momens
A vivre content auprès d'elle ;
Et sensible à tous ses bienfaits,
Que je chérirais ma volière !
J'y voudrais finir ma carrière,
Et mes vœux seraient satisfaits.
Quel bonheur plus digne d'envie !
Mes jours tissus par les plaisirs,
Portant dans mon ame ravie
Et l'allégresse et les désirs,
Finiraient aux yeux de Sophie.
Fidèles et tendres oiseaux,
Que je fêterais en silence
Ces lieux si chers à l'innocence
Où vous coulez des jours si beaux !

Tantôt sur sa gorge naissante,
Doucement je voltigerais ;
Tantôt sous sa main caressante,
Pour m'échapper, je m'ébattrais.
Alors de sa bouche enfantine,
Où l'amour se joue et badine,
Je recevrais mille baisers.
Doux momens ! mais trop passagers !
Dieux ! où m'emporte le délire !
Le bonheur n'est fait que pour vous:
Le sort de mes plaisirs jaloux,
Vous a mis seuls sous son empire.

Heureux oiseaux, troupe chérie,
Image des tendres amans,
Je ne puis qu'aimer les instans
Que vous passez près de Sophie !

~~~~~~

ÉPÎTRE

A ALEXANDRINE P....,

EN LUI ENVOYANT MA NOCE DE LUCETTE.

Le sort en est jeté,
Aimable Alexandrine,
Sur la double colline
Je suis encor monté :
Et malgré la colère
De Phœbus irrité,
Je ne puis me soustraire
Au désir de rimer.
Chacun a sa marotte ;
L'un a celle d'aimer
Le pharaon ou la bouillotte.
L'autre plus fou, loin des salons,
Attend la pompe triomphale,
En cherchant sans cesse à tâtons
Cette pierre philosophale

Qui renverse tous les cerveaux.
Loin de se défier d'eux-mêmes,
Certains, épris de faux systèmes,
Ont cru voir des mondes nouveaux
Qui pirouettent sur leurs têtes.
D'autres enfin au coin du feu,
Tout en chiffonnant leurs casquettes,
Se font un plaisir, même un jeu,
De renverser tous les empires;
Ils font et détrônent les rois;
Toutes choses sont à leur choix.
Quand je les entends, ces beaux sires,
Parler des affaires d'état;
Quand je les vois du potentat
Blâmer ou louer la conduite,
Je me dis alors, à part moi:
Insensés! je me félicite
De ne pas suivre votre loi.
Allez dans les places publiques,
Ou bien au coin d'un carrefour,
Vous érigeant en politiques,
Grossir les nouvelles du jour.
Je n'aime point votre manie:
Une douce philosophie
Enchaîne et captive mon cœur.

Je fais consister mon bonheur
A converser avec les Muses:
Leur commerce est tranquille et doux;
J'aime jusques à leur courroux;
Je jouis quand, malgré leurs ruses,
Deux rimes viennent couronner
Mes veilles et mes espérances.
Je préfère deux belles stances
Aux bulletins que peut donner
Le Times ou le vieux Geoffroi.
Je vous l'assure sur ma foi,
Je lis peu leurs extravagances.
  C'est loin de ces conteurs
  Que j'ai fait ma Lucette (*).
  En dépit des grondeurs
  Elle sera parfaite,
Si vous daignez lui faire fête,
En la comblant de vos faveurs.

_____

(*) Opuscule de l'Auteur.

~~~~~~

ÉPÎTRE A JULIE,

EN LUI ENVOYANT UN FUSEAU QU'ELLE M'AVAIT DEMANDÉ.

HEUREUX fuseau, que je t'envie
Le bonheur dont tu vas jouir ;
Tu goûteras bien du plaisir,
Lorsque sous les doigts de Julie
Qui te presseront chaque jour,
Tu folâtreras autour d'elle,
De compagnie avec l'Amour.
Julie est une fleur nouvelle
Que cet enfant ne quitte pas ;
Il est sans cesse sur ses pas :
Et de concert avec les Grâces,
Il fait éclore sur ses traces,
L'essaim volage des plaisirs.
Pour embellir ta destinée,
Et flatter tes moindres désirs,

A tes yeux de son hyménée,
Gages précieux et chéris,
Deux autres amours fort jolis
Viendront s'unir; à leurs sourire
Tu ne les distingueras pas
Du dieu malin qui, dans ses lacs,
Fait tomber tout ce qui respire.
Ton destin sera bien plus beau
Que celui de ce noir fuseau
Qui, pour saper l'espèce humaine,
Sans cesse tourne et se démène
Entre les mains de Lachésis.
Julie est une autre Cypris;
A tout elle donne la vie,
Tandis que la Parque en furie,
Sans nulle raison et sans choix,
Frappe les bergers et les rois.

Heureux fuseau, que je t'envie
Le bonheur dont tu vas jouir;
Tu goûteras bien du plaisir,
Sous les jolis doigts de Julie !

ÉPÎTRE A LA MÊME

SUR LE TROP LONG SÉJOUR DE SON MARI A PARIS.

Enfin je ne puis plus me taire;
Albert est coupable à mes yeux.
Comment peut-il si fort se plaire
Dans ce Paris tumultueux,
Où le remords et la folie,
Par une secrète magie,
Vont se disputant chaque jour,
Le droit d'y fixer leur empire?
Je pense que c'est un délire
Que de préférer son séjour
A la douce paix que l'on goûte
Au sein des plus simples hameaux.
Je sais, il est vrai, qu'il en coûte,
Quand de la Seine on boit les eaux,
De revenir à des jours plus tranquilles;
Qu'on s'étourdit au milieu des plaisirs,

Qu'à chaque pas on trouve plus faciles,
Qui viennent même au-devant des désirs.
Oui, je le sais, j'ai vu la capitale
  Dans cet âge où les passions,
  La rendent toujours si fatale
  A l'homme, et sur-tout aux gascons.
Mais, comme Albert, je n'avais pas encore
Connu l'amour, ni ses aimables lois.
  Comme à lui, l'hymen dès l'aurore,
  Le jour, la nuit, mille fois,
  N'avait pas encor ceint ma tête
  Du myrte des amans-époux :
  J'étais lors, soit dit entre nous,
  Très-neuf à présenter requête
  Aux dames composant la cour
  De l'aimable reine de Gnide.
  Bref, enfin, j'étais si timide,
  Que je n'osais fixer l'Amour.
  Je craignais ses flèches cruelles
  Qui, si souvent dans ce Paris,
  Ont fait des blessures mortelles.
Un court séjour m'en eût assez appris.
Tantôt léger, et tantôt moins volage,
Des sots travers, des vertus du jeune âge,
  Je m'y vis tour à tour épris.

Mais si l'amour, le dieu de l'hyménée,
M'eussent alors dicté leurs douces lois,
Je n'aurais su m'assourdir à leurs voix.
En vain Paris, charmant ma destinée,
Aurait voulu m'enivrer de plaisirs;
J'aurais volé sur l'aile des zéphirs,

    Dans les bras de ma bien-aimée,
    Dont l'haleine pure, embaumée,
    Embrasant de nouveau mon cœur,
    M'eût fait oublier pour la vie
    La capitale et mon erreur.
    J'aurais borné tout mon bonheur
    A chérir ma fidèle amie;
    Et si quelques motifs puissans
    Eussent malgré moi, d'aventure,
    Contrarié mes sentimens,
De ce séjour où règne l'imposture,
De temps en temps mon cœur m'eût arraché;
Et sous les yeux des fâcheux, de l'envie,
Je me serais un instant rapproché

    De l'aimable et belle Julie.
    Ne vit-on pas Phœbé, jadis,
    Quittant les célestes lambris,
    Des Grâces, des amours suivie,
    Descendre sur le mont Latmos,

Pour voir le berger de Carie;
Et d'or se transformant en pluie,
Dont il composa ses réseaux;
Le Dieu du tonnerre lui-même,
Pour la fille du roi d'Argos,
Quitter la majesté suprême?
L'amour peut tout quand il est bien senti.
C'est à l'amour, à ses soins que Lyncée
D'un sûr trépas fut garanti.
Quand on aime, chaque pensée
Nous reporte presque toujours
Au seul objet de nos amours.
Lui seul a le droit de nous plaire,
De nous charmer, de nous ravir;
Nous avons beau nous étourdir,
Et sous les voiles du mystère
Cacher nos coupables écarts:
Bientôt perçant de toutes parts,
Notre erreur même nous éclaire;
A l'éternelle vérité
Le prestige cédant la place,
Du vrai bonheur nous retrouvons la trace
Qui nous conduit vers notre liberté.
Alors rendu à celle qui nous aime,
C'est dans ses bras qu'abjurant nos erreurs,

Nous confondons les élans de nos cœurs;
Elle devient pour nous le bien suprême !
    Calme donc tes sens agités,
    Aimable et sensible Julie;
    Crois à toutes ces vérités,
    L'amour d'Albert les justifie.
    Bientôt sur ton sein palpitant
    Tu pourras le presser encore;
    Sur tes lèvres que décolore
    Le chagrin toujours renaissant,
    Nous reverrons enfin éclore
    Les roses qu'y sema l'amour :
    C'est lui qui presse son retour.
    D'ailleurs, adorable Julie,
    Pourrais-tu croire qu'il oublie
    Ces deux petits gentils marmots,
    Qui de la chaîne qui vous lie,
    Sont les deux plus jolis anneaux.
    Éloigne de toi cette idée,
    Elle rembrunirait tes jours;
    Albert n'en a pas la pensée;
    Vous êtes tous trois ses amours.
    Mais quelle voix se fait entendre ?
    Le voilà !.. c'est lui !... c'est Albert
    Que l'amour et l'hymen de concert,

A Julie enfin viennent rendre !
Oui ! le voilà ! c'est ton époux !
Toujours aimant et toujours tendre !
Couple charmant que de jaloux
Envîront votre destinée !
Pour moi, mon unique désir
Sera de la voir couronnée
Par la main même du plaisir.

LE NOUVEL AN,

ÉPÎTRE A M. D.... DE G....

LES fleurs ont disparu
Du sein de nos parterres.
Dans leurs grottes j'ai vu
Les nymphes bocagères,
Sur l'urne du printemps
Tristement appuyées.
Les oiseaux par leurs chants
N'embellissent plus ces contrées !
On voit les troupeaux à pas lents,

Du ruisseau parcourir les rives,
Et les tourterelles plaintives
Suspendre leurs roucoulemens.
Tout est triste dans la nature;
Le colon suspend ses travaux;
Myrté néglige sa parure.
On ne l'entend plus des oiseaux
Nous redire la chansonnette,
Et les habitans des hameaux
Ne viennent plus fouler l'herbette
    Au son de leurs chalumeaux.
    L'amitié douce et tendre
    Seule parle à mon cœur,
On ne la voit jamais dépendre
Des saisons ni de leurs rigueurs.
Elle serait une chimère,
Si les circonstances, les temps
Influaient sur les sentimens
    Qui la rendent si chère,
    Si la fleur printanière
    Flatte l'œil du berger;
    Si le zéphir léger
    Est chéri par la rose;
Si quand Philis défend d'oser;
Sur sa bouche fraîche et mi-close

Tom. I.   B*

L'Amour aime à prendre un baiser;
C'est là le vœu de la nature.
Mais les fleurs, le zéphir, l'amour,
Bien souvent ne durent qu'un jour;
Tandis qu'une amitié bien pure
Saura résister tour à tour,
Au temps, aussi-bien qu'à l'envie,
Et si parfois la jalousie
Veut contre elle aiguiser ses traits,
Ses liens en sont plus parfaits;
Ils durent autant que la vie.
Dans ton cœur, généreux D....
Tu lui conserveras un temple;
Tu seras pour elle un appui,
Pour nous tu seras un exemple!
Guéris des prestiges flatteurs
        Qu'enfante le délire,
        Tu vivras dans nos cœurs
        Comme dans ton empire.
        Et déjà j'entends dire:
        Oui, qu'il vive à jamais
        Celui dont les bienfaits,
Par les jours de son existence,
Furent par ses amis comptés!
J'ai moi-même de tes bontés

Bien conservé la souvenance !
Aussi ce premier jour de l'an,
Excité par ce doux élan
Qu'inspire la reconnaissance,
      Pour toi je fais des vœux
      Bien ardens, bien sincères :
      Que je serais heureux
Si le ciel les rendait prospères !
Exaucé dans tous les désirs
Que peut former une belle ame,
Dans tes regards, en traits de flamme,
On lirait combien de plaisirs
Ont embelli ton existence :
Je ne voudrais pour récompense
      Que quelques souvenirs !

ÉPÎTRE

A M. DE L......., DE St. CLAR, SUR SA
PROMOTION A L'ORDRE ROYAL ET MILI-
TAIRE DE St. LOUIS.

J'ARRIVE un peu tard, cher marquis,
Pour te faire ma révérence;
Mais hier seulement j'appris,
Par cent au moins de tes amis,
Que notre auguste roi de France,
Voulant récompenser l'amour
Qui te rangea sous sa bannière,
Quand le trône et le sanctuaire,
En proie aux esprits forts du jour,
Attendaient leur ruine entière,
Venait de t'armer chevalier,
Et par cela fait bachelier
De mille dames à la ronde.
Cette nouvelle à tout le monde

A fait ici bien du plaisir;
Chacun en parle outre mesure,
Et témoigne le vif désir
De te voir; c'est chose sûre.
Dieux! que de jolis complimens
Frapperont alors tes oreilles!
Tu dois t'attendre à des merveilles:
Auprès de toi petits et grands,
Les jeunes personnes, les vieilles,
S'empresseront de te flatter,
Et tous de te complimenter.
Ta bonté cause ce délire;
J'en sais assez pour te le dire.
Hier encore, chez Doligni,
J'entendis mainte bachelette
Nous répéter, en raccourci,
Le compliment qu'elle t'apprête.
Par l'échantillon j'ai pensé
Qu'amour avait déjà lancé
Dans son cœur plus d'une sagette;
Elle était si fière, en honneur,
Qu'ainsi que moi la compagnie,
Sans crainte d'être dans l'erreur,
Jugea qu'elle avait le bonheur
D'être ta plus fidèle amie.

Nous nous trompâmes, car l'Envie
Bientôt agitant ses grelots,
Chaque dame crut à propos
De montrer de la jalousie,
Lui disputant cette faveur.
Cela prêta beaucoup à rire:
Juge, vingt femmes en délire,
Prétendant toutes sur ton cœur
Régner comme des souveraines;
C'était charmant, mon cher marquis,
De leur voir fabriquer les chaînes
Dans lesquelles je te vois pris;
Mais n'aurais-tu pas ri toi-même
De voir ces aimables minois,
Voulant tous parler à la fois,
Se disputant le diadème
Qu'ils prétendaient leur être dû?
Presse-toi donc, viens au plus vite,
Pour toi, plus tard, tout est perdu;
Tu n'aurais plus aucun mérite;
Le fer chaud doit être battu.

Tu sauras que ces jeunes dames,
Qui croyaient plutôt t'embrasser,
A la tienne mêler leurs ames,

Se disposent d'entrelacer
Les lis et les roses nouvelles :
Elles veulent couvrir de fleurs
L'ami de l'honneur et des belles;
Mais les roses, les immortelles
Du froid ont subi les rigueurs;
Le lis seul, cette fleur si chère,
Ayant résisté par tes soins
Au changement de l'atmosphère,
D'une politique adultère,
Et dont nous fûmes les témoins,
On dit partout que leur offrande,
Pour satisfaire mieux ton cœur,
Ne doit être qu'une guirlande
De lis d'une extrême candeur;
Vertu dont la parfaite image
Est, fut et sera, d'âge en âge,
Dans les Bourbons sans nulle erreur.
Je jalouse, ami, ton bonheur;
Je voudrais bien être à ta place!
Viens, ou délègue moi de grâce
Auprès de ce sexe enchanteur :
Mon cœur n'est pas encor de glace!

~~~~~~

MA CONVERSION.

ÉPÎTRE A JENNY.

HIER au soir j'étais au Salut,
N'ayant ni psautier, ni rosaire:
Jenny, vous vîtes ma misère,
Et lors, craignant que Belzébuth
Ne me troublât dans ma prière,
Que par lui je fusse tenté,
Vous m'offrîtes avec bonté,
Pour qu'il ne me fût pas contraire,
Un nouveau petit bréviaire
Où je trouvai, par-ci par-là,
Tous les psaumes que l'on chanta;
Et même, pour ne rien vous taire,
D'amour de Dieu quelque oraison,
Qu'avec une ardeur bien sincère
Je lus pour ma conversion.
Aussi depuis hier, tout de bon,

Je sens mon ame toute entière
Se détacher de la matière,
Et de la céleste Sion
Suivre pour toujours la bannière.
Je suis d'une dévotion.....
Que l'on pourrait dire exemplaire!
Sur la plus petite action
On me voit déjà très-sévère:
Avant d'agir je considère
Quel doit être le résultat
De tout ce que je pense à faire;
Et plus embarrassé qu'un rat
Pour sortir de la souricière,
Très-souvent je suis incertain
Si je prendrai dans une affaire
Plutôt l'un que l'autre chemin.
Bref, le charmant dieu de Cythère,
Les Grâces, non plus que leur mère,
Ne recevront plus mon encens.
Je puis encourir leur colère ;
Mais, au hasard de leur déplaire,
Je ne veux point perdre mon temps.
Je pense qu'après quarante ans
L'homme doit vivre en solitaire.
Je laisse au papillon léger,

Et la rose et la printanière,
Je fuis tout plaisir passager;
Dieu seul a le droit de me plaire:
Aussi, loin du monde et du bruit,
Dès aujourd'hui, dans mon réduit,
Sur ma lyre simple et légère,
Je veux chanter du Tout-Puissant
Les bienfaits, l'amour débonnaire;
Et si dans mon recueillement
Quelque chose peut me distraire,
Ce sera le doux souvenir
Du rare et charmant caractère
Dont le ciel sut vous enrichir;
De vos vertus l'éclat austère;
De vos grâces, de votre esprit,
Qui nous enchante et nous ravit!
J'ose, Jenny, sans nul mystère,
Vous demander pour tout retour,
De donner au moins chaque jour
Une pensée au solitaire.

ÉPÎTRE A JULIE,

SUR LE DESSEIN QU'ELLE A DE SE FAIRE CARMÉLITE.

Serait-il vrai, belle Julie,
Que sourde à la voix de l'amour,
Lorsqu'à tout vous donnez la vie,
Vous abandonnez sans retour
Les plaisirs charmans d'Idalie?
Vous m'avoûrez que c'est folie
De vouloir cloîtrer vos appas,
Quand tout s'empresse de vous plaire;
Pour moi je ne vous conçois pas,
Et si je veux pénétrer ce mystère,
A ma raison j'ai vainement recours;
Elle me fuit, bien loin qu'elle m'éclaire.
Si vous vouliez être sincère,
Vous viendriez à mon secours,
Car vous seule pouvez m'apprendre,

Comment au printemps de vos jours,
Vous destinez un corps si tendre
A supporter mille tourmens,
Et des privations sans nombre
Qui heurtent si fort le bon sens.
Quand j'y pense je deviens sombre,
Inquiet et même rêveur;
Moi, dont le joyeux caractère
Éloigne toujours de mon cœur
Tout ce qui pourrait lui déplaire.
Il faut avoir de bien grandes raisons
Pour embrasser, à la fleur de votre âge,
Un institut qui, fût-il le plus sage,
Prescrivît-il par jour mille oraisons,
Ne peut jamais maîtriser la nature,
Qui tôt ou tard réclamera ses droits.
C'est vainement qu'on méconnaît ses lois;
Elle finit par vaincre l'imposture;
Elle triomphe, et dès-lors les regrets,
Un peu trop tard s'emparent de nos ames:
Nous figurons un vaisseau sans agrès,
Une maison que dévorent les flammes,
Qu'aucun secours ne sauvent du danger!
C'est à quoi vous devez songer,
Trop intéressante Julie,

Quand il n'est rien dans la vie
De plus doux que la liberté!
Vous feriez preuve de folie,
De chercher la félicité
Sous la sotte guimpe et la bure;
Vous outrageriez la nature
Qui vous combla de ses faveurs!
Déja les Grâces et leur mère
Remplissent Paphos et Cythère
De cris, de sanglots et de pleurs!
Faites un retour sur vous-même,
Julie, il en est encor temps:
Oubliez pour quelques instans
Que du ciel la bonté suprême
Paraît vouloir guider vos pas
Loin du monde et de ses appas.
Pour quelques jours, de votre tête
Tâchez d'éloigner les projets
Qui vous portent vers la retraite;
Ramenez sur d'autres objets
Et votre esprit et vos pensées;
Et dans cette position,
Au lieu de dire une oraison,
Écoutez les voix cadencées
Des hôtes amoureux des bois;

Aux leurs unissez quelquefois
Vos chants qui captivent sans cesse
Et la folie et la sagesse,
Qui font aimer à tous vos lois,
Que chacun suit avec ivresse!
D'autres fois aux bords des ruisseaux
Portez vos pas; et sur l'herbe fleurie,
Que constamment rafraîchissent leurs eaux,
Reposez-vous, adorable Julie;
Leur doux murmure à votre ame attendrie
Redonnera le calme et le repos!
Autour de vous mille charmans oiseaux,
A vos sens amortis, sans vie,
Rendront toute leur énergie.
Ici, le doux roucoulement
De la sensible tourterelle,
Que vous verrez se balançant
Avec plaisir sur la branche nouvelle,
Vous apprendra que l'on naît pour aimer;
Qu'ainsi l'a voulu la nature;
Que la beauté qui sait charmer,
Sans avoir besoin de parure,
Doit suivre les lois de l'amour,
Lorsque c'est elle qui l'inspire
Par ses grâces, par son sourire,

Quand près d'elle il fixe sa cour.
Le son de la tendre musette
Viendra plus loin captiver votre cœur,
Et des bergers enviant le bonheur,
Vous redirez leur douce chansonnette,
　　Ou bien on vous verra comme eux,
　　D'un pied léger fouler l'herbette,
En vous mêlant à leurs champêtres jeux.
Amant aimé de la fleur printanière,
Le doux zéphir viendra vous caresser.
L'amour lui-même, abandonnant Cythère,
Contre son sein jaloux de vous presser,
A vos genoux, de l'aveu de sa mère,
Déposera ses flèches, son carquois.
S'il fut léger, inconstant autrefois,
Fier aujourd'hui d'aimer et de vous plaire,
Vos seuls désirs seront ses seules lois.
　　De cet enfant, belle Julie,
　　Écoutez donc la douce voix;
　　On l'entend déjà qui vous crie:
　　« Fuyez l'asile des soupirs;
　　« Le remords est là qui vous guette;
　　« Un pas de plus, de vains désirs
　« S'empareront de votre ame inquiète;
　« Le repentir, au visage abattu,

« S'attachera constamment sur vos traces :
« Vous gémirez d'avoir trop combattu
    « Ma bannière et celle des Grâces.
    « Julie ! il n'en sera plus temps,
    « Une barrière insurmontable
    « Vous séparera des vivans.
    « Ah ! vous seriez impardonnable
    « Si vous persistiez dans vos plans :
    « Vous mériteriez les tourmens
    « Qui brûlent, dévorent sans cesse
    « Ceux que vous voulez imiter ;
    « Je viens, malgré vous, arrêter
    « Une démarche qui me blesse,
    « Et qui peut vous précipiter
    « Dans un abîme de tristesse ! »
    Voilà ce que le dieu d'amour,
    Que vous affligez en ce jour,
    Vous crie et se plaît à vous dire.
    Sortez donc de votre délire ;
    Dans nos cœurs ramenez la paix
    Que leur a ravi votre absence ;
    C'est le premier de nos souhaits :
Le vrai bonheur, loin de votre présence,
Pour nous, hélas ! n'existerait jamais !

∧∧∧∧∧∧∧∧∧∧∧∧ ∨∨∨∨∨∨∨∨∨∨∨∨ ∧∧∧∧∧

ÉPÎTRE

A UN TRÈS-JEUNE POÈTE,

QUI M'ENGAGEAIT A REPRENDRE MA LYRE

QUE J'AVAIS QUITTÉE.

LE printemps revient; la nature
Partout étale sa parure;
Nos parterres couverts de fleurs,
Des zéphirs deviennent l'asile;
Et l'ennui seul reste à la ville;
Pan vient entraîner tous les cœurs:
Volant le premier sur ses traces,
Je parcours les rians vallons,
Où des nymphes pleines de grâces
Vont folâtrant comme des papillons.
J'aime à les voir dans leur course légère,
Cueillir la rose et ses naissans boutons,
Pour les offrir avec la printanière
Aux dieux des champs, aux faunes, aux sylvains,

Tom. I. G

Qui, par un agaçant sourire,
Paraissent sans cesse leur dire :
« Nous embellirons vos destins ;
« Venez au fond de ces bocages ;
« Et là, loin des yeux des jaloux,
« A l'ombre de leurs verts feuillages,
« Qui nous déroberont à tous,
« Nous vous prouverons que, sensibles
« Au tendre hommage de vos cœurs,
« Nous ne sommes pas inflexibles ;
« Nous vous comblerons de faveurs. »
Je me plais aussi sur la rive
De mille agréables ruisseaux,
Dont l'onde errante et fugitive
Semble m'appeler au repos.
Ici, pensant à ce que j'aime,
Je trouve mon bonheur suprême
A mêler mes chants amoureux
Aux doux accens de Philomèle,
Qui voit sur la branche nouvelle,
Et naître et couronner ses feux.
Tantôt portant vers la prairie
Et ma pensée et mes regards,
J'en admire l'herbe fleurie
Que foulent des moutons épars.

Près d'eux la tendre Glycérie,
Dans l'attente de son berger,
Fait redire à l'écho fidèle
Mille chansons qu'il fit pour elle;
Elle a Zéphir pour messager.
D'un autre côté, suspendue
Au sommet d'un riant coteau,
La chèvre enlève à l'arbrisseau
Sa tige odorante et touffue.
Alors, enivré de plaisir,
Je gagne à pas lents ma chaumière,
Mais en conservant le désir
De revoir encor la bergère,
Les moutons, les bois, les ruisseaux,
Et les vallons et les coteaux
Que chérit ta muse badine.
Aimable ami ! qu'Apollon et ses sœurs
Ont appelé sur la double colline,
J'aime à te voir enchaînant tous les cœurs,
A leurs concerts, par ta lyre enfantine,
Donner de l'ame et toujours nous charmer.
Je l'avoûrai, sur les bords du Permesse,
Avec lenteur, peut-être avec paresse,
Jusques ici l'on m'a vu parsemer,
Quelques fleurs qui, dans l'instant, de ses ondes,

Furent justement le tribut.
Lorsqu'en frédonnant sur ton luth
Tu séduis ses eaux vagabondes,
Qui pour écouter tes chansons
Suspendent leur course rapide
Pour en retenir tous les tons;
A tes chants Apollon préside;
C'est vainement que j'implore ses dons.
Voilà pourquoi, trompé dans mon attente,
En jolis vers pour la seconde fois,
Tu provoquas ma muse un peu trop lente,
Et bien souvent sourde à ma voix.
C'est par tes soins que de sa léthargie
Elle va sortir pour toujours;
Je veux, en dépit de l'envie,
Comme au beau temps de mes amours,
De roses couronner ma lyre,
Et commencer un nouveau cours
De ces jeux, enfans du délire,
Qui surent flatter mon printemps.
Pour Léopold je veux rimer encore:
Oui, c'est pour lui que mes feux renaissans
Vont supplier Érato, Terpsichore,
Apollon et ses autres sœurs,
De me combler de leurs faveurs.

Sur la tienne accordant ma lyre,
Je chanterai les saisons et l'Amour ;
Ce jeune enfant dont le naïf sourire,
Souvent cruel, appelle tour à tour
    Tous les cœurs dans son vaste empire.
    Comme toi je répéterai
    Les accens de la bergerette ;
    Et d'autres fois j'entourerai
    De fleurs nouvelles la houlette
    Que le bien-aimé de son cœur
    Et le plus chéri du village
    Naguère lui donna pour gage
    De sa sincère et vive ardeur.
    Je te devrai tout mon bonheur ;
    Que puis-je exiger davantage ?

~~~~~~~~~~~~~~~~~~~~~~~~~~~~

ÉPÎTRE A DELMONCE,

JEUNE LÉGISTE,

———※———

Est-il bien vrai que pour toujours,
Pour feuilleter Cujas, Barthole,
Tu veux renoncer aux amours ?
Ami, comme toi de Furgole (*)
J'aimerais à suivre le cours ;
Mais chaque chose, cher Delmonce,
Doit avoir ses bornes, son temps.
Je sais très-bien qu'à soixante ans
Il faut que tout homme renonce
A compter parmi les amans.
Mais vit-on à la fleur de l'âge
L'homme pâlir sur Vinnius,
Et sur Domat et sur Basnage ?
Lire sans cesse et rien de plus
Ces auteurs et la procédure,

——————————————

(*) Professeur en droit à Toulouse.

C'est vivre et penser follement;
Cela n'est pas dans la nature,
Et c'est agir très-prudemment
De ne pas risquer l'aventure,
D'avoir besoin à tout moment
Des secours de la médecine.
Car Boerhaave et sa cuisine
N'ont jamais eu rien d'engageant.
Que de migraines cependant
Vont assiéger ton existence,
Si tu n'a pas la complaisance,
De sourire au moins quelquefois
A l'Amour, aux Grâces aimables,
Qui dictent de si douces lois,
Qu'à tous elles sont agréables!
Aussi ce n'est pas sans raison
Que j'en fais ma plus douce étude.
Par instinct ou par habitude
J'aime le petit dieu fripon.
A méditer un corollaire,
On peut attacher un grand prix,
Je n'en suis pas du tout surpris;
Cela dépend du caractère;
Mais dans les terres de Cypris,
Je pense qu'il est nécessaire

D'entreprendre , de temps en temps,
Quelques petits pélerinages ;
L'on y puise des argumens
Qui valent bien ceux de Solages,
De Lebrun et de Bretonnier,
Et de Baquet et de Bornier.
Précisément c'est à Cythère
Que l'homme apprend à raisonner,
Tu voudras bien me pardonner
Si je m'endors avec Ferrière,
Avec Jousse , avec Charondas ;
Car leurs écrits sont des fatras
Qui , ma foi, ne m'amusent guère.
Chacun à ses goûts, et les miens,
De ces messieurs, tu peux m'en croire,
Me font détester le grimoire :
Je les crois meilleurs que les tiens.
Réfléchis un peu , cher Delmonce ,
Et tu conviendras avec moi
Que je raisonne mieux que toi :
Réfléchis, j'attends ta réponse.
Laisse un instant sur ton bureau
Ces radoteurs in-folio,
Et vole dans le bois de Gnide ,
Qu'habitent les jeux et les ris ,

Tu suivras le ruisseau limpide
Qui baise les gazons fleuris,
Qui t'appelleront sur sa rive;
Porte avec toi Gentil-Bernard,
Chaulieu, Deshoulières, Panard.
Près de son onde fugitive,
Ces charmans auteurs sans effort,
A ta raison toujours rétive,
Donneront un nouvel essor.
Plus loin, mille grâces légères
Voudront t'appeler sur leurs pas ;
Pour toi, jusques alors sévères,
Je les vois te tendre leurs bras :
Tu te mêleras à leur danse,
Pendant qu'une foule d'oiseaux
Feront répéter aux échos
Et leurs amours et leur constance.
L'essaim volage des zéphirs
Viendra t'apporter sur ses ailes
Les doux parfums des fleurs nouvelles,
Pour multiplier tes plaisirs,
Lorsque des nymphes bocagères
Enlaceront dans tes cheveux
Des roses et des primevères,
Dont l'amour serrera les nœuds.

C'est alors, aimable légiste,
Que tu goûteras le bonheur,
Et que tu grossiras la liste
Des gentils chevaliers d'honneur.
Paré des couleurs de ta belle,
On te verra dans les salons
Être constamment le modèle,
Non de ces jeunes papillons
Dont l'inconstance est le mobile,
Mais bien de ces preux qui, jadis,
N'ayant pour rival qu'Amadis,
Furent célèbres comme Achille,
Qui s'illustra pour Briséis.
Ainsi devenu plus sensible
Par le commerce des amours,
Ta plume sera plus flexible
Lorsque tu défendras les jours,
Les biens, l'honneur et l'innocence
De la veuve et de l'orphelin,
Que sauvera ton éloquence
En changeant leur mauvais destin.

Allons, mon ami, sur toi-même
Fais donc un prompt retour; crois moi,
Ne fuis plus le bonheur suprême,

De la nature suis la loi ;
Lui résister serait un crime ;
Pour l'homme, Dieu fit la beauté,
J'en ai le sentiment intime,
Je crois à cette vérité.
Si je rends à sa dignité
L'homme que j'aime et que j'estime,
J'aurai fait sa félicité.

ÉPÎTRE A BERNARDINE,

JEUNE PERSONNE ASSEZ JOLIE, MAIS QUI N'ÉTAIT PAS AIMABLE.

A votre air moqueur, agaçant,
A votre séduisante mine,
J'aurais juré, bien sûrement,
Que vous vous nommiez Bernardine.
Imitez moins votre patron :
    Car, suivant la chronique,
    Il fit souvent la nique

A gens de grand renom.
Il en eut des disgraces ;
Le mal toujours nous nuit ;
Ne marchez sur ses traces
Que pour faire le bien qu'il fit.
Vous avez grand besoin d'en faire,
Si l'on en croit certains méchans,
Qui, dans leurs propos messéans,
Sous prétexte de se distraire,
Vous dévoilent à tous venans ;
 Ce qui doit vous déplaire.
 L'un d'eux qui, ce matin,
 Annonçait votre fête,
 Disait d'un ton malin :
 « Pour qu'elle soit parfaite,
 « Que ce jour soit divin,
 « Il faut à Bernardine
 « Offrir gentil bouquet ; »
 Et par rang il nommait,
 Dans son humeur badine,
Les fleurs dont il le composait :
Le *pissenlit*, la *capucine*,
La *pimprenelle*, le *soucis* ;
Il mêlait à la *crapaudine*
La *sagette* et la *coralline* ;

Enfin, la fleur *millepertuis*,
Réunie à la *vipérine*,
En faisaient, suivant lui, le fonds.
A l'odorante *citronnelle*
Il préférait le *lamion*,
  Même la *fraxinelle*,
  Ou bien le *glouteron*.
  Il faisait plus encore :
Voulant qu'on crût qu'il vous adore,
Il répétait le compliment
Qui devait suivre cette offrande.
On l'écoute, et l'on se demande
L'un à l'autre pourquoi, comment
Tant de fiel contre Bernardine ?
On se regarde, et l'on apprend
Qu'un jour, dans votre humeur chagrine,
  Vous aviez parlé mal
  De l'aimable Sainval;
  Que votre caractère,
  Malgré tout votre esprit,
Était trop dur, atrabilaire;
Que très-souvent on vous l'a dit :
Que vous ne tenez aucun compte
Des sages avertissemens
Qu'on vous donne à tous les instans,

Pour vous garantir de la honte
Qu'entraîne toujours après lui
Un sot et bizarre caprice:
Que voulant passer pour novice,
Quand vous n'avez plus pour appui
Ces douces vertus qui des belles
Font l'apanage, l'ornement,
Et que le vice arrogamment
Qualifia de bagatelles,
Vous ne devez pas censurer,
Comme vous le faites sans cesse,
Ceux que vous devriez admirer,
Par leurs talens, par leur sagesse.
Bernardine, permettez-moi
De vous rappeler un adage
Qu'on a jugé si vrai, si sage,
Qu'il passe maintenant pour loi:
Un médecin, dit ce proverbe,
Habitant Paris ou Viterbe,
S'il est fiévreux doit se guérir
Avant de montrer le désir
De prodiguer ses soins aux autres.
Ainsi le pensaient autrefois
Et les païens et les apôtres;
Leurs sentimens sont d'un grand poids;

Ils valent bien je crois les vôtres.
Profitez donc de mes avis,
Et vous reprendrez dans le monde
Votre rang, et vos pas suivis
Par de véritables amis,
Vous ne craindrez plus qu'on vous gronde.

ÉPÎTRE A SOPHIE D...

POUR L'ENGAGER A OUBLIER SON AMANT
PARJURE.

ON dit partout, belle Sophie,
Que d'Apollon fuyant la cour,
Vous avez brisé sans retour
Le luth que vous donna Thalie,
Que pour vous accorda l'Amour.
J'ai vu les muses consternées
Déserter le sacré vallon,
Et les dryades étonnées
Fuir les bosquets de l'Hélicon.

On ne voit plus dans la prairie
L'essaim folâtre des bergers
Enfler leurs chalumeaux légers
Pour chanter les vers de Sophie.
Les hôtes joyeux de nos bois,
Qui répétaient vos chansonnettes,
Ne font plus entendre leurs voix;
Ah! tout est triste dans nos fêtes!
D'un changement aussi subit
Quelle pourrait être la cause?
Pour moi je suis tout interdit
De voir cette métamorphose,
Et je me demande, à part moi,
Comment elle aurait pu se faire.
Mon esprit est en désarroi;
Je ne vois partout que mystère.
Cependant, si j'ajoute foi
A certain bruit, la chose est claire:
L'amour n'est pas bien étranger
Au chagrin qui brûle votre ame,
A ce qui peut vous affliger;
S'il en est ainsi, je vous blâme.
Quand on possède vos appas,
Votre esprit, votre gentillesse,
Pour un amant on ne fuit pas

Le bonheur qui vous rit sans cesse,
Et qui s'attache à tous vos pas.
En vous perdant, belle Sophie,
Dorval a perdu le repos
Et tous les plaisirs de la vie;
Il grossit le nombre des sots
Dont le pétulent caractère,
Toujours inquiet, toujours faux,
Traite de chose fort légère
Et l'art d'aimer et l'art de plaire;
Il avait séduit votre cœur:
Bénissez votre destinée,
Puisqu'elle vous rend au bonheur.
Que votre lyre abandonnée
Captive encore sous vos doigts
Et la raison et la folie;
Vous avez, aimable Sophie,
Sur nos cœurs conservé vos droits.
Loin de vous nous sommes sans vie;
Revenez donc dans nos salons
Pour y reprendre votre empire.
Vous savez que nous vous aimons;
Qu'on osa souvent vous le dire....
Mais, de grâce, oubliez Dorval;
Pour toujours de votre mémoire

Chassez cet homme déloyal ;
Votre bonheur et votre gloire
Naîtront de ce point principal.
Partout on gémit de vos peiues ;
Partout on désire ardemment
De vous voir libre de vos chaînes !
J'en suis, Sophie, un sûr garant.
Hier même j'étais chez Hortence,
Qui vous aime de tout son cœur,
Et dont vous fuyez la présence,
Parce qu'elle a blâmé l'erreur
Qui vous tient encor enchaînée.
Elle disait devant Mercœur :
Je plains vivement son malheur ;
Sophie est vraiment entraînée
Par sa bizarre destinée !
De l'enfance elle a la candeur ;
Elle est bonne, et sa foi donnée,
Elle pense que son honneur
Et sa rare délicatesse
Souffriraient de la défaveur
En ne gardant pas sa promesse.
Mais lorsque Dorval, le premier,
Lui-même est devenu parjure,
Elle trouvait dans la nature

Un motif pour se délier.

Voilà, ma très-chère Sophie,

Ce que disait hier votre amie,

Tout en faisant craquer ses doigts,

Et c'est ce qu'aujourd'hui moi-même

Je vous ai répété cent fois.

Vous rendez votre mal extrême;

Tous vos amis sont aux abois;

Vous êtes pour eux un problème

Qui va les laisser tous sans voix!..

Rendez-vous ce soir chez Hortence,

Le cercle y sera très-brillant;

D'ailleurs, un thé, le jeu, la danse,

Dieux! tout cela sera charmant!

Et puis, Hortence de la fête

Veut que vous soyez l'ornement;

Elle le veut absolument.

Déjà je la juge parfaite;

Nous en avons exclu Dorval;

De nos plaisirs il n'est pas digne:

S'il paraît, au moindre signal,

Tous les laquais ont la consigne

De l'éconduire avec éclat.

Pour égayer notre soirée,

Nous jugerons son attentat

Envers une femme adorée;
Son procès sera fait, parfait,
Et sans doute adviendra sentence
Pour le punir de son méfait,
Qui lui ravira, je le pense,
Le désir d'être encor coquet.
Venez; là, de fleurs couronnée,
Chacun vous dira de bon cœur:
Bénissez votre destinée,
Puisqu'elle vous rend au bonheur!
Que votre lyre abandonnée
Captive encore, sous vos doigts,
Et la raison et la folie:
Vous avez aimable Sophie
Sur nos cœurs conservé vos droits:
Loin de vous nous sommes sans vie!

~~~~~~~~~~~~~~~~~~~~~~~~~~~~~~~~

ÉPÎTRE A ROSALIE J...

LE JOUR DE SA FÊTE.

———✳———

Le dieu d'amour cueillait des fleurs,
Dont le calice était encore
Tout humecté des tendres pleurs
Que venait de verser l'Aurore.
Il avait de l'amant de Flore
L'agréable légèreté :
Il portait avec volupté,
Sur la rose qui se colore,
Ses petites mains que dévore
Le désir de tout ravager ;
Tout exprès je voyais éclore
Le lis et la fleur d'oranger,
L'héliotrope et l'amaranthe,
Pour orner son joli bouquet.
Mon cœur était tout satisfait
Et mon ame toute contente,
En voyant ce petit fripon

Tom. I. C*

Entrelacer à sa guirlande
La fleur éclose et le bouton.
Les caresses du papillon
Qui rôdait autour de l'offrande,
Venaient augmenter le plaisir
Qui de toutes parts m'environne.
Je ne sentais d'autre désir
Que de connaître la personne
A laquelle il voulait offrir
Cette précieuse couronne.
L'Amour comprit mon embarras,
Et pour calmer ma peine extrême,
Il vola vite sur mes pas.
Mes soins ne sont pas un problème,
Me dit-il tout en souriant ;
Pour moi ce jour sera charmant !
C'est la fête de Rosalie
Qu'on va célébrer à Paphos,
Loin des jaloux et de l'envie,
Que font éclater à Lesbos
Glycère, Anaïs et Clélie.
Les fleurs que je viens de cueillir
Sont un sincère et tendre hommage
Qu'à ses vertus je veux offrir.
Quand je la vis, je devins sage ;

On ne me vit plus voltiger;
L'Amour, enfin, n'est plus léger;
Il se complaît dans son servage.
A ces mots, je blâmai l'Amour
De me ravir ma Rosalie.
Comme toi, lui dis-je à mon tour,
Je l'aime bien plus que la vie!
Je veux aussi cueillir des fleurs
Pour participer à sa fête;
Comme toi j'en ceindrai la tête
De la reine de tous les cœurs.
Et déjà, d'une main avide,
Je cueillais la rose et l'œillet,
Et la violette timide
Dont j'embellissais mon bouquet,
Lorsque l'Amour, par un sourire,
Approuvant mes sincères vœux,
A l'oreille est venu me dire
Qu'il voulait couronner mes feux,
En me cédant tout son empire
Sur ton cœur noble et généreux.
Alors, mêlant ses fleurs aux miennes,
Il en a formé ce bouquet
Que tu trouverais imparfait
S'il m'avait refusé les siennes.

Je viens de sa part te l'offrir;
Accepte-le comme un sûr gage
De respect et de souvenir
Que tu sais inspirer au sage,
Par la candeur, par la bonté
Que tu reçus en apanage,
Pour nous ravir la liberté!

ÉPÎTRE

D'AUGUSTE, A SA MÈRE.

Puis-je croire que pour toujours
Effacé du cœur de ma mère,
Je dois détester la lumière
Que je ne dus qu'à ses amours (*)?
C'était donc des caresses feintes
Que tu prodiguais à ton fils,
Lorsque, dans ces douces étreintes
Dont tes sens paraissaient saisis,

(*) Auguste était né hors du mariage.

Tu me disais : « je ne tiens à la vie
« Que pour veiller à ton bonheur. »
Tu me pressais contre ton cœur !
M'aimer était ta seule envie !
« Si l'oubli, l'erreur d'un moment,
« D'Auguste amena l'existence,
« J'environnerai son enfance
« D'un amour toujours renaissant,
« Me disais-tu dans ton délire !
« Auguste sera tout pour moi,
« Et rien de tout ce qui respire
« Ne m'enchaînera sous sa loi. »
Par hasard jeté sur la terre,
N'ayant d'autre soutien que toi,
Je crus aux sermens d'une mère ;
Je me reposais sur sa foi !
Vains sermens, promesse inutile :
Aux lois de l'honneur indocile,
Foulant aux pieds tout sentiment,
Dans les tourbillons de la ville
Tu t'étourdis sur ton enfant !
Tu cours après d'autres idoles,
Et libre des soins maternels,
Tu vas dans des cercles frivoles
Chercher des regrets éternels.

N'ai-je donc reçu l'existence
Que pour vivre au sein du malheur?
M'as-tu banni de ta présence
Pour en augmenter la rigueur?
Sourde à la voix de la nature,
Ton cœur en repousse les cris!
Tout à la fois fausse et parjure,
Seul, tu laisses pleurer ton fils!
En vain chaque jour il t'appelle;
Il redemande en vain ton cœur!
Tu fuis! ô mère trop cruelle!
Tu fuis! un prestige trompeur
Loin de moi te tient enchaînée;
Il te présente tout en beau,
Quand, de dangers environnée,
Toi-même creuses ton tombeau!
J'espère cependant encore
Qu'un jour, revenant sur tes pas,
Tu me presseras dans tes bras;
Que ma bouche, que décolore
Le chagrin le plus dévorant,
Sur tes lèvres à demi-closes,
Et dans un silence éloquent,
Pourra presser les belles roses
Que de concert avec l'Amour

Les Grâces y firent éclore!
J'espère enfin que chaque jour,
Et d'une aurore à l'autre aurore,
Nous nous jurerons mille fois
De ne respecter d'autres lois
Que celles qu'au fils, à la mère,
Imposent naturellement
Les liens précieux du sang.
Grands Dieux! secondez ma prière!
Encore une fois du néant
Arrachez Auguste expirant!
Faites luire ce jour prospère;
Mon cœur le désire, il l'attend.
Hélas! sans les soins de son père
Il n'existerait déjà plus;
Et sous la pierre sépulcrale,
Où l'oubli total des vertus,
Où l'oubli de toute morale
L'aurait enfin précipité,
Sa cendre gémirait sans cesse
Sur l'extrême frivolité
Qui retient tes sens dans l'ivresse.

O mon père! toi dont le cœur,
Pour ton fils fut toujours le même;

Toi qui fais seul tout mon bonheur,
Par ton amour, qui fut extrême;
Toi, dont je n'oublîrai jamais
Ni les égards ni les bontés,
Conserve-moi ta bienveillance;
Je ne fais point d'autres souhaits:
Que peut désirer l'innocence?

ÉPÎTRE A ALINE D......

SUR SON MARIAGE AVEC M. DE R........

AIMABLE et vertueuse Aline!
Est-il bien vrai que ce matin,
D'amours une troupe enfantine,
Ayant à sa suite l'hymen,
A pénétré dans ton asile?
Certain bruit en court dans la ville;
On dit même qu'avec des fleurs,
En mille guirlandes tressées,
Les Grâces, par Vénus pressées,
Voulant seconder tous les cœurs,

Au char de ces dieux t'ont liée,
Et qu'Aline enfin, avec eux
Pour toujours réconciliée,
Va mettre le comble à leurs vœux.
La nouvelle en est répandue ;
On en parle dans les salons
Comme d'une chose conclue.
Une foule de papillons,
De merveilleux, gens à la mode,
En sont eux seuls désespérés.
Plusieurs, après s'être mirés
Et rajustés avec méthode
Devant une belle Psyché,
Se disaient : c'est un tour pendable;
Aline n'est point pardonnable
D'avoir jusqu'à présent caché
Que pour le ciel et pour le monde
Son cœur palpitait à la fois ;
Elle mérite qu'on la gronde,.....
On allait recueillir les voix,
Lorsque de la joyeuse bande,
Lindor, le plus sage, dit-on,
Un profond silence commande ;
On écoute, et bientôt, d'un ton
Qui tenait presque du délire,

Il dit ce que vous allez lire :

« J'en conviens, Messieurs, j'en conviens,

« Nous nous sommes tous laissés prendre ;

« Aline, à l'époux le plus tendre,

« Doit demain unir ses destins ;

« Elle lui porte en apanage

« Le plus riche de tous les biens,

« C'est la candeur du premier âge !

« Pourquoi nous le dissimuler ?

« Nous voyons dans elle l'image,

« Si nous pouvons ainsi parler,

« De mille vertus réunies,

« Dont, par des grâces infinies,

« Dieu lui fit le précieux don ;

« Jamais les baisers du frelon

« N'ont flatté la rose nouvelle :

« Corrigeons-nous pour l'avenir,

« Et prenons-la tous pour modèle ;

« Heureux celui qui va s'unir

« A cette inestimable belle.

« Il partage nos sentimens,

« Il la trouve toute divine,

« Il aime, il est aimé d'Aline,

« Et nous sommes des inconstans. »

Lindor se tut, et ses confrères,

Applaudissant à son discours,
Changèrent de ton, de manières,
Condamnant leurs folles amours.
Voilà, trop séduisante Aline,
Ce qui s'est passé chez Nadine;
J'étais présent; de l'orateur
J'ai partagé, du fond du cœur,
Les aveux qu'il venait de faire;
J'ai trouvé qu'il avait raison;
Que tout autre prétention
Eût été par trop téméraire:
Le ciel a nommé ton époux;
Il sera comme toi fidèle,
Empressé, caressant et doux,
Et des maris le vrai modèle.
Pourrait-il en être autrement,
Lorsque la sagesse éternelle
Sur toi répandit en naissant
Mille faveurs toutes célestes?
On admire en toi constamment
Ce maintien, ces grâces modestes
Qui triomphent de tous les cœurs:
Dans lui ces talens enchanteurs,
Cette bonté, cette noblesse
Dont le dotèrent ses aïeux,

Qu'il nous rappelera sans cesse :
Comme eux il sera généreux,
Et comme toi plein de sagesse,
Bienfaisant et religieux.
Je ne parlerai point, Aline,
Ni de tes talens précieux,
Ni de ton esprit ; je devine,
Que je n'aurais point tes aveux,
Malgré ces vérités connues :
Je me tairai ; je ne veux pas
Troubler les grâces ingénues
Qui ne quittent jamais tes pas ;
Mais je dis, comme tout le monde :
Puisse votre hymen être heureux !
Puissiez-vous jouir tous les deux
De cette paix douce et profonde
Qui fait le bonheur des époux !
Que le ciel en tout vous seconde,
Sous les yeux même des jaloux
Que votre hymen trouble et chagrine !
Tels sont mes vœux, charmante Aline ;
Tels sont enfin les vœux de tous.

ÉPÎTRE A CLÉLIE.

Non, ma bonne et chère Clélie,
Je n'ai pas cessé d'être à toi;
Tu fais le bonheur de ma vie,
Mon cœur n'écoute que ta loi.
Il fut un temps où, très-peu sage,
Je me plaisais à voltiger;
Comme le papillon volage,
J'étais inconstant et léger:
Je m'en souviens, et je confesse
Mes vieilles et folles erreurs;
Je n'ai plus besoin de censeurs,
Moi seul me réforme sans cesse.
Je fuis les prestiges trompeurs
Qui m'assaillaient dans ma jeunesse
Sous de faux dehors, mais flatteurs.
C'est ton cœur seul qui m'intéresse,
Lui seul sera, dès aujourd'hui,
Mon unique bien, ma fortune;
Je ne veux que lui pour appui
Contre toute attaque importune,

Qui voudrait disposer du mien.
Clélie, avec un tel soutien
Pourrais-je fausser ma promesse?
Je t'en conjure, ne crains rien!
Je veux t'aimer toujours, sans cesse ;
Je veux te dire chaque jour
Que sans toi, loin de ma Clélie,
On passe une bien triste vie,
Et que le véritable amour,
Aujourd'hui parmi nous si rare,
A fixé près de toi sa cour ;
Qu'il sera constamment le phare
Qui me conduira vers le port,
Si la fatalité du sort
Un jour contre moi se déclare.
Mais tirons un épais rideau
Sur ces affligeantes pensées,
Qui pourraient creuser mon tombeau.
Qu'elles soient par toi repoussées
De ton esprit et de ton cœur :
N'aspirons à d'autre bonheur
Qu'à celui d'aimer, de le dire ;
Laissons clabauder les jaloux,
Et que nos momens les plus doux
Soient de condamner leur délire.

CONTES.

~~~~~~~~~~~~~~~~~~~~~~~~~~~~~~~~~~~~~~

ORONTE ET DAMIS,

CONTE.

————◆◆◆————

Damis, jeune étourdi,
Courant toujours après les belles,
Vint un jour me voir à Passi,
    Où, fuyant les nouvelles
Qui vous assiégent dans Paris,
J'étais allé pour me distraire;
    Je lisais La Bruyère;
    De ses leçons épris
Je goûtais, dans cet instant même,
    Le bonheur bien suprême
    D'alléger mes ennuis.
    Eh! bonjour, cher Oronte!
    Il faut donc pour vous voir
Des Français quitter le chauffoir?
Me dit-il, que je vous raconte
Le singulier événement

Qui m'arriva hier chez Céphise:
    Le cercle était charmant!
    Chacun y rivalise
    De soin, d'empressement
    Pour plaire à cette belle;
    J'étais, moi seul, pour elle,
Ce que l'on nomme indifférent.
Quand j'entrai dans l'appartement,
Une femme, dont la parure
Avait ébloui tous les yeux,
Fit à mon cœur une blessure.....!
Enfin, j'en devins amoureux,
J'en fus épris outre mesure.
    Dis-moi, dis-je à Lindor,
En lui montrant mon inconnue,
Quelle est cette belle ingénue
Couverte de brillans et d'or?
C'est Aglaé!.... Bon. Mais encor....?
D'un traitant c'est la fille unique;
    Dorival est son nom,
    C'était un histrion;
    Mais, sous la république,
Il usa de mille moyens
Pour se procurer de grands biens,
Ainsi sa fortune s'explique.

De haut-le-pied, de conducteur
Il devint bientôt fournisseur.
  Sa femme était jolie,
  Et certain gros-major....
Ici j'interrompis Lindor;
Je crus voir que la jalousie
Était l'ame de ses discours.
C'est assez, je te remercie,
Lui dis-je, et sans détours
J'avoue, au hasard de déplaire,
Qu'Aglaé régnait sur mon cœur.
C'est une rose printanière,
Continuai-je avec chaleur,
Qui pourra fort bien, je l'espère,
Embellir mon char triomphal!
Qu'elle ait pour père Dorival,
Ou qu'elle soit fille du Diable,
Ma foi, je la trouve adorable!
  En finissant ces mots,
Je quitte Lindor avec presse,
Et vole aux pieds de ma maîtresse
Y chercher la fin de mes maux.
Mais, cher Oronte, ce délire
Dont elle avait, pour ainsi dire,
  Embrasé tous mes sens,

Tom. I. D

Céda bientôt la place
A d'autres sentimens :
Mon cœur devint de glace.
Pas un des agrémens
Que j'avais cru trouver en elle,
Ne vint s'offrir à mes esprits ;
Et cette fleur nouvelle,
Que je croyais sans prix,
Que je croyais une immortelle,
N'était qu'une laide guenon,
Sans manières et sans tournure ;
Le plâtre avec profusion,
Avec art couvrait sa figure ;
Un sourcil, à peine tracé,
Couronne un œil toujours humide,
Et toujours à demi-pressé
Par une paupière livide.
Quand elle parla, j'entrevis
Un double rang d'ébène,
Qui communique à son haleine
Une odeur que je garantis
N'être pas celle de la rose.
Jamais métamorphose
N'agita mes esprits
Avec autant de force.

Tout indigné de m'être pris
Aussi sottement à l'amorce,
En bouchant mon nez je m'enfuis,
Car le Diable était sous l'écorce.
      Vous êtes bien jeune, Damis,
Lui dis-je, quand vos imprudences
Auraient dû vous avoir appris,
Qu'en se fiant aux apparences
On devient écolier et pis.

TEL PÈRE, TEL FILS.

CONTE.

Un magistrat, lourd de corps et d'esprit,
Pétri d'ailleurs de fiel et d'arrogance,
Avait un fils d'une rare ignorance;
Dans ses regards on lisait par écrit,
Qu'il surpassait en cela son cher père.
      A le voir on l'eût dit
      D'une espèce étrangère
      A celle du monde connu;
      Et qu'enfin, sur cet hémisphère

Il était tout exprès venu
Pour nous apprendre à braire.
Mais son papa, bien moins sévère,
Le jugeait tout différemment ;
Un geste, un mot de son enfant
Lui faisait brandir les oreilles ;
Il lui disait, le caressant :
Bravo ! mon fils ; tu feras des merveilles ;
Tu passeras pour un phénix nouveau ;
Et long-temps la race future
Vantera gaîment ton allure.
Bravo ! mon fils ; oui, mille fois bravo !
L'enfant grandit, mais non pas en science ;
Il resta toujours ignorant
Comme il l'était dans son enfance :
Ce qui nous prouve évidemment
La vérité de cet adage,
Qu'on répétera d'âge en âge,
Soit à Pékin, soit à Paris :
Tel père, tel fils.

LA FILLE CURIEUSE,

CONTE.

———

Maman, vous me grondez toujours,
Disait Amélie à sa mère :
Veuillez me parler sans détours,
Que dois-je faire pour vous plaire ?
Lorsqu'un ami de la maison
Se présente dans le salon,
    Vous ne m'y souffrez guère.
    De ceci la raison
    Pour moi n'est pas bien claire;
    Néanmoins j'ai quinze ans,
Et je ne suis pas une sotte;
A livre ouvert je lis la note,
Je connais plusieurs instrumens.
C'est à vos soins persévérans,
Que votre soumise Amélie,
A des dieux de l'antiquité

Une connaissance infinie;
Et que sa mémoire a noté
L'aventure de Philomèle,
Et d'Europe l'enlèvement ;
Qu'elle lit dans le firmament
Tout comme y lisait Fontenelle.
De beaucoup de pays
Je sais par cœur l'histoire ;
Si j'étais à Paris,
Comme le dit l'oncle Grégoire,
Partout mes pas seraient suivis.
Jamais aux promenades
Me voit-on figurer ?
Je préférerais demeurer
Au milieu des peuples nomades.
Il est vrai qu'au Salut,
Deux fois dans la semaine,
Quand même j'aurais la migraine,
Vous me conduisez, dans le but
De me rendre un peu plus chrétienne.
Je le sais; mais je sais aussi
Que de la tête aux pieds voilée,
Sans en avoir le démenti,
On me prendrait, en raccourci,
Pour une vierge désolée.

Ayez donc la bonté
De m'expliquer, ma mère,
Cet étonnant mystère.
Consolez mon cœur attristé,
Car vous seule pouvez le faire.

Vous êtes dans l'erreur,
Ma très-chère Amélie,
A l'instant répondit Clélie :
Vous seule faites mon bonheur;
Je vous aime plus que ma vie.
Mais quand je gronde, j'ai raison;
Ce n'est jamais par pur caprice
Que j'entends qu'en toute saison
Vous restiez dans votre maison.
Je vous parle sans artifice :
Vous avez quinze ans bien finis;
A cet âge, ma bonne amie,
On ne quitte point son logis ;
Le sexe doit craindre l'envie
Qui toujours s'attache à ses pas;
Et lorsque l'on a vos appas,
Aux effets de la jalousie
Souvent on ne résiste pas !
Je sais que je suis jeune encore,

Et que dans les cercles galans,
Que tout comme une autre j'honore,
De tous les cavaliers charmans
J'obtiens encor par préférence
Mille égards, mille complimens,
Sans leur faire la moindre avance.
Vous l'avez vu; votre présence
Ne me vieillit point à leurs yeux,
Ce n'est donc pas par jalousie,
Que par un regard sérieux
Je parais vous porter envie;
Je n'eus jamais cette folie.

    Je sais qu'à chaque pas
    On rencontre des mères,
    Que de faibles appas
    Rendent encor légères,
    Dont le ton, les discours
    Font aisément comprendre
Qu'elles regrettent les amours
Qui ne veulent plus les entendre.
Elles accusent tous les jours
    Leur fille trop jolie,
    De l'accablant dédain
    Dont on les gratifie;
    C'est un fait bien certain;

Chaque jour de la vie
On voit cent fois se répéter
Cette risible comédie.
Mais vous ne pouvez imputer
A mon cœur d'être en harmonie
Avec le leur; sans me vanter,
   Aucune analogie
   Ne saurait exister
   Entr'elles et Clélie.
   Comme elles, me voit-on,
Foulant aux pieds toute morale,
De ma fille, dans un salon,
Paraître jalouse et rivale?
Pour réussir dans ces projets,
Ai-je parlé contre ma fille,
Et contr'elle lancé des traits
Dont la trace est indélébile?
J'ai toujours vanté ses attraits,
Sa douceur et ses connaissances.
Est-ce en retour de ces bienfaits
Et de tant d'autres complaisances,
Que vous prétendez aujourd'hui
Blâmer envers vous ma conduite,
Quand je veux être votre appui?
Vous êtes maintenant instruite

Sur ce que vous vouliez savoir.
Dès ce moment soyez heureuse,
Et vous n'avez qu'à le vouloir;
Mais ne soyez plus curieuse.

TOUTES LES VÉRITÉS

NE SONT PAS BONNES A DIRE,

CONTE.

Hier, passant au coin d'une rue,
Je vis un groupe fort joyeux,
Qui me parut, à boule vue,
Parler d'un air mystérieux,
Et sur le ton de la satire.
　　　Je crus entendre dire :
　　　« La faute en est aux dieux,
　　　« Qui le firent si bête. »
Aussi n'a-t-il pas d'envieux,
A l'instant répondit Lucette,
Et je l'estime très-heureux…..
　　　D'ailleurs, répliqua l'autre,

A tous n'est pas donné l'esprit :
Des sots je suis l'apôtre.
Si tout le monde était instruit,
Une fade monotonie
Me ferait mourir de dépit ;
Et certes, je tiens à la vie,
Je pense qu'un sot l'embellit,
Puisqu'il nous prête à rire.
A ce discours, tout interdit,
Je demandai bas à Thémire,
La tirant doucement vers moi,
Ce que tout cela voulait dire :
Je vous promets, de bonne foi,
D'être discret, je vous le jure ;
Vous pouvez parler sans détour.
Thémire alors s'assure
Si personne à l'entour
Peut entendre sa confidence.
Bientôt, tranquille sur ce point,
Elle rompt le silence
Et me conte de point en point,
Mais avec beaucoup de prudence,
Tout ce que je voulais savoir.
Voyez-vous là-bas, me dit-elle,
Cet homme grand, vêtu de noir ?

Oui , lui dis-je, chez Isabelle
      Je l'ai vu très-souvent ;
      Quand il va par le monde,
On le distingue au chapeau blanc.
Vous y voilà, tout justement ;
Eh bien ! on vantait sa faconde,
      Lorsqu'un homme méchant
      Est venu contredire
L'opinion de son prôneur :
Je crois, dit-il, avec humeur,
Que vous connaissez peu le sire.
Lorsque l'on parle sans chaleur
Et que vingt fois dans sa harangue
On reste court ; que de sa langue
On ignore les élémens ;
Quand dans un cercle de savans,
      Où le hasard nous jette,
On prétend tenir le haut-bout,
Et qu'on y fait preuve complette
      Qu'on ne sait rien du tout,
On peut être taxé de bête.
Du reste , voilà mon avis,
Que vous partagerez peut-être,
Quand je vous aurai fait connaître
Celui dont vous êtes épris.

Or, vous saurez qu'en Amérique
Il place hardiment le Congo,
Et l'Archipel et Monaco
      Dans le fond de l'Afrique;
      Qu'il fait contemporain
Alexandre de Constantin.
Il bat encor plus la campagne,
Lorsqu'au nord-est du continent
Il place sérieusement
      Le royaume d'Espagne,
Et Saint-Pétersbourg au midi;
Fait couler le Mississipi
      Sur les terres d'Irlande,
Et le Gange dans la Hollande.
Il vous dira, j'en suis certain,
Si l'on parle mythologie,
Que la belle nymphe Égerie
Était la femme de Vulcain;
Qu'Europe mit au monde Alcide;
Que Pluton régnait sur les mers
Et Neptune dans les enfers;
      Que la boîte perfide
      Qui renfermait les maux
      Qui dévastent la terre,
      En troublent le repos,

Causa jadis la guerre

   Si funeste à Priam,

   Qui régnait à Siam.

Voilà, disait-il à Valère,

Voilà le fidèle portrait

De celui qui paraît vous plaire,

Dont vous êtes si satisfait.

Vous passiez, ajouta Thémire,

Lorsqu'il achevait son tableau

   Par un malin sourire,

Le dernier trait de son pinceau.

A ce discours, je puis le dire,

   N'écoutant que mon cœur,

Je répondis avec aigreur,

Que l'auteur de cette satire

Était un vrai calomniateur :

Dorval est un bien petit sire,

Dis-je, je le sais ; mais enfin

   Quand on chante au lutrin

   Des hymnes et des psaumes,

   On peut parmi les hommes

   Tenir un certain rang ;

On prouve qu'on sait quelque chose.

Je l'ai vu, monté sur un banc,

   Entonner une prose,

Où le dièse et le bémol
Abondaient à chaque mesure;
Eh bien ! c'était un rossignol
Chantant sous un dais de verdure.
  Voyez donc maintenant
Si cet homme avait bonne grâce
De déchirer si méchamment,
  Et de faire main-basse
Sur un sujet si précieux?
Je fus d'accord avec Thémire
Que quelque sot présomptueux
Que fût Dorval, c'était médire
Et calomnier à la fois,
En lui prêtant des ridicules,
Que des personnes trop crédules,
S'en vont répandre à demi-voix.
Nous condamnâmes ce délire,
Nous écriant tout transportés :
Il n'est pas toujours bon de dire
  Toutes les vérités!

~~~~~~

LA MORT DU CHEVAL DE LYCAS,

CONTE.

———

LE bon Lycas possédait un cheval
Dont vainement sur la machine ronde
    On eût cherché l'égal.
    C'était bien l'animal
    Le plus joli du monde;
    Et plus d'un général,
    En voyant son allure,
    Eût vendu son armure
Pour acheter un tel original.
Lycas aussi, c'est une chose sûre,
    Afin que sa monture
    Ne vînt jamais à mal,
    Pour elle avait sans cesse
    Un soin patriarcal,
    Un cœur plein de tendresse.
    Le point fondamental
    Pour conserver sa bête

Constamment saine et nette,
La garantir d'un valet trop brutal,
Était, dit-on, de la soigner lui-même.
C'était son bien suprême.
A l'excès libéral,
L'avoine bien purgée
N'était pas ménagée :
Point de repas frugal ;
Dix fois par jour, en zélé domestique,
Dans un baquet de bois ou de métal,
A son baudet, d'un ton très-amical,
Il apportait breuvage balsamique,
Et du son un quintal :
C'était pour lui chaque jour carnaval.
Couronné de verveine,
Deux fois dans la semaine,
Malgré tout bref papal,
Il lui servait des gâteaux, dont Perrette,
A Montauban, pour lui faisait emplette ;
Et ces jours-là le vin de Portugal
Ou le vin de Madère,
Couronnait le régal
Qui mettait en colère
Ses compagnons de crèche et de litière.
La pauvre bête ! un marbre sépulcral

Couvre aujourd'hui sa dernière retraite;
　　Car pour lui faire fête
　　Jusques au jour fatal
　　Qu'elle a cessé de vivre,
　　Lycas, pour ne pas suivre
　　Cet usage immoral
　　Qui donne à la voirie
　　Bête qui perd la vie,
La larme à l'œil et d'un ton magistral,
Lui fit donner brillante sépulture,
Après l'avoir moulé d'après nature
Pour la placer sur un beau piédestal.
　　Or, voici la légende
　　Qu'autour d'une guirlande
On y lisait au travers d'un cristal:
　　« Ci-gît, dans cette tombe,
　　Un grand petit cheval,
　　Il eut pour fonds dotal
　　Le cœur d'une colombe,
　　Et l'esprit jovial.
Tout son plaisir eût été, je le pense,
Mais sans vouloir se rendre trop banal,
D'offrir ses soins, au moins par convenance,
Si son patron n'en eût fait la défense,
Et pour cela, convenu d'un signal.

Il n'eut jamais et ne servit qu'un maître,
Qui dans sa main toujours le faisait paître,
En le baisant, l'appelant son féal.
Qui que tu sois, passant, pleure sa perte;
Que de tes pleurs cette pierre couverte,
Soit pour sa cendre un baume pectoral. »

TESTAMENT D'UN PEINTRE,

CONTE.

VERS la fin de sa carrière,
Un peintre, en homme prudent,
Voulut faire son testament.
Je lègue, dit-il au notaire,
A Martignac, mon parent,
Cent louis, deux cents à Valère;
A mon beau-frère Durand
J'en lègue deux fois autant;
Plus, à mon commissionnaire,
Vingt pistoles argent comptant;
A ma femme, qu'absolument

Je ne puis jamais faire taire,

    Sa dot, et pour son augment,

Cinq cents francs, rente viagère.

Aurait-on cru, dit un plaisant,

Comme il signait le formulaire,

Qu'un peintre serait, en mourant,

De tant de biens propriétaire?

    Eh quoi! cela vous surprend,

    Répartit, en murmurant,

Le testateur octogénaire?

Sachez, monsieur, que cette affaire

Ne doit avoir lieu seulement

    Qu'après mon enterrement;

    Car terminer d'autre manière

    Ne pourrais auparavant.

Le peintre finit sa carrière,

Mais comme font communément

    Tous les peintres en mourant;

    Il emporta dans la bière

    Le grand trésor qu'on attend.

~~~~~~~~~~~~~~~~~~~~~~~~~~~~~~~~~~~~~

LA FEMME

COMME IL Y EN A BEAUCOUP;

CONTE.

On fait des fautes à tout âge.
Valère, quoique vieux garçon,
Voulut tâter du mariage.
Il épousa, suivant l'usage,
Jeune fillette au pied mignon;
Au teint de lis, au fin corsage;
Elle avait l'air un peu fripon;
Mais voilà l'unique apanage,
Le seul dont le ciel lui fit don;
Elle n'eut pas d'autre avantage,
Pas même un espoir d'héritage;
Sortant d'ailleurs d'une maison
De tous les temps en vasselage:
On lisait enfin sur son front
Que l'orgueil, malgré son servage,
Faisait uniquement le fond

Tom. I.   D*

Des vices de son parentage.
La voilà donc tenant salon,
Où des femmes de haut parage,
Et sur-tout du plus grand renom,
Vinrent lui rendre leur hommage :
Mais ce femelle aréopage
Jugea bientôt, avec raison,
Qu'en elle on voyait l'assemblage,
Sans forcer la comparaison,
Et des manières du village,
Dont elle avait gardé le ton,
Et des femmes à patronage.
Valère était un peu grison,
Mais il était riche ; et je gage
Qu'il eût trouvé, dans son canton,
Une épouse bien moins volage.
Le seul caprice qui, dit-on,
Sur les vieillards fait peste et rage,
Avait formé cette union ;
C'était celle de l'esclavage.
Marton parut d'abord fort sage ;
Elle était sans prétention,
Ne désirant de liaison
Qu'avec femmes du voisinage,
Qui toujours, dans toute saison,

Aimaient à soigner leur ménage,
Sans faire aucune attention
Au plus déchirant caquetage;
Elle préférait l'oraison
Au plus innocent badinage;
Elle était la parfaite image
Des Vierges sages de Sion;
Tous les cœurs étaient son partage:
Mais bientôt, changeant de visage,
On la vit, comme le pinson,
De la fille de Pandion
Prendre les gestes, le langage;
Enfin se mettre à l'unisson,
Malgré tout son désavantage;
Du plus élevé personnage,
Elle prétendit au blason.
Dès-lors, et sans plus de façon,
On la vit faire un étalage,
Chaque jour, d'un nouveau chiffon.
Elle voulut un équipage,
Et le sellier et le charron
Se mirent de suite à l'ouvrage.
Aux bals, aux concerts, en voyage,
Partout vingt écuyers sans nom
Suivaient ses pas, et Cupidon

Leur souriait sur leur passage ;
Il ne lui manquait qu'un beau page.
Dans l'esprit de notre barbon
Ceci fit naître de l'ombrage :
Lors, réfléchissant tout de bon
Sur l'effrayant et triste orage
Qui couvrait déjà l'horizon,
Il rappela tout son courage,
Et sans écouter de pardon,
Qu'il jugeait un nouvel outrage,
Supprima sans rémission
Chevaux, voiture et postillon :
Ce fut pour Marton le présage
D'un plus humiliant affront.
Elle entraîna dans son naufrage
Les valets, dont le témoignage
Voulut couvrir sa trahison.
La modiste fait du tapage,
Lorsque le suisse lui répond
Qu'il a reçu l'ordre.... Elle enrage....
Le jouailler, en furibond,
Et qui craint que l'on déménage,
N'écoute pas le vieux Simon ;
Il vole d'étage en étage,
Frappe partout...., il est en nage... ;

Partout un silence profond...;
Personne...., l'écho du plafond
Redit tout seul son long verbiage;
Enfin, l'on vit un escadron
De gens menaçant du pillage:
L'un réclame son phaéton,
L'autre son superbe attelage,
Et le graveur son écusson.
On fut sourd à leur clabaudage;
L'on fit même réception
Aux autres dupes; leur message
De la bourse vit le cordon,
Mais de l'or n'ouït que le son.
De tous, Valère eut le suffrage;
La honte resta pour Marton.

LE REPROCHE MAL FONDÉ,

CONTE.

Une gentille demoiselle
    Disait à son papa:
    J'en perdrai la cervelle!
Je ne veux pas que l'on m'appelle

Serin, mésange et cetera;
    Je me nomme Sophie,
    Mon nom est celui-là,
C'est le seul qui me fait envie.
Papa, je vous aime ardemment,
Mon amour pour vous est extrême;
    Mais bien assurément
Vous ne me verrez plus la même,
Si vous continuez encor
A ce sujet de me déplaire.
Je vous observerai d'abord,
Et sans y mettre du mystère,
Que je n'ai pas du tout la voix
Du prince des chantres des bois,
Ni le babil de la mésange.
    Je ne prends pas l'échange;
    Je me juge fort bien;
    Trève de l'ironie,
    Je m'appelle Sophie,
    Chacun tient à son bien.

    De la jeune personne
    Un véritable ami,
Et qui n'était pas ennemi,
Non plus, du papa qui s'étonne,

Vint terminer ce différent.
Mal à propos à votre père,
Dit-il, vous causez du tourment,
Car je connais son caractère;
Il ne voudrait pas vous déplaire;
Vous parlez beaucoup, mais très-bien,
Et vous chantez bien mieux encore.
Quand vos vertus sont son soutien,
Quand, plus que tous, il vous adore,
Par son cœur laissez-vous donner
    Tous les noms qu'il désire;
    Il se laisse entraîner
Par vos bontés, votre sourire,
    Comme le doux zéphire,
    Par la fleur du matin :
Comme elle vous êtes aimable.
Je vais devenir bien coupable,
Car, dès ce jour, j'ai le dessein
    De vous appeler rose.
    Vous êtes son portrait,
Si j'erre, les dieux en sont cause,
Mais mon cœur sera satisfait !
Mal à propos, à votre père,
    Vous causez du tourment;
Vous connaissez son caractère;

Comme le vôtre il est parfait;
Il n'a pas voulu vous déplaire.
Par cette amicale leçon,
La sensible et jeune Sophie
Fut rappelée à la raison;
On l'aime encore à la folie.

LE CHOIX MÉRITÉ,

CONTE,

Les dieux, comme les hommes,
Sont légers, inconstans;
Ils sont, comme nous sommes,
Traîtres à leurs sermens.
Autrefois, par prudence,
Ils bénirent du ciel
Tous les maux; l'inconstance
Eut seule, et sans appel,
Pardon universel.
On fit plus : l'assemblée
Que présidait Jupin,

Détermina d'emblée
Qu'elle serait de droit divin ;
Que conséquemment son empire
S'étendrait, sans distinction,
    Sur tout ce qui respire.

    On devine assez la raison
Qui fit prendre, au dieu du tonnerre,
Une telle décision.
Bref, pour elle alors sur la terre
On vit, ainsi que dans les cieux,
S'élever temples et chapelles,
Où l'homme, les dieux et les belles
A la déesse offraient leurs vœux.
Enfin, tant et tant ils prièrent,
Que tout principe ils renversèrent :
Bientôt les cœurs les plus unis
Rompirent, brisèrent leurs chaînes ;
On divinisa leurs fredaines,
Et les amours furent bannis.
On n'encensa que l'inconstance,
Et l'on ne vit que papillons
Voltigeant dans tous les salons
Avec la même indifférence.
Dans ce désordre universel,

Les dieux, très-fatigués des Grâces,
Rendirent arrêt solennel
Qui les frappa de leurs disgraces.
Mercure, par le même arrêt,
Eut ordre de courir le monde,
Et de leur choisir, dans sa ronde,
De beautés un trio parfait,
Qui, sans blesser, ternir leur gloire,
Pût effacer de leur mémoire
Celui que leur cœur rejetait.
Le messager à tire-d'aile
Part et vole de belle en belle,
Jaloux, dans cette occasion,
De bien remplir sa mission.
Instruite par la Renommée
(Et dans le fonds du cœur charmée
De cette révolution),
On vit sur tous les points du globe
Mainte femme à prétention
Étaler sa plus belle robe,
Et se chiffonner de façon
A mériter l'attention
De l'envoyé de l'empirée,
Ne paraissant dans un salon
Sans s'être mille fois mirée.

Mais Victoire, dans ce concours
D'extravagance et de folie,
Conserva cette modestie
Qui sur ses pas fixa toujours
Les jeux, les ris et les amours.
Une rose était sa parure,
Et sa compagne la candeur;
Sans art elle plut à Mercure;
Sans art la beauté gagne un cœur.
Déjà sur l'aile de Zéphire
Victoire a traversé les airs;
Les souverains de l'univers
La reçoivent dans leur empire:
Sa grande douceur, son sourire
Embrasent bientôt tous les cœurs;
Et dans leur amoureux délire
Ils la couronnent tous de fleurs;
Et, pour établir sa puissance,
Ils abjurèrent leurs erreurs
En chassant du ciel l'inconstance.

~~~~~~

CONSEILS D'UN PÈRE MOURANT

A SES ENFANS,

CONTE.

———

Soyez toujours d'honnêtes gens,
Disait sans cesse à ses enfans
Le plus sage de tous les pères;
Préférez à tous les trésors
Des mœurs profondément austères,
Vous serez exempts des remords
Qui troublent le cours de la vie!
De la fausse philosophie
Fuyez les prestiges trompeurs,
Elle consacre mille erreurs
Que la vanité déifie.
Si vous voulez des gens de bien
Conserver l'amitié, l'estime,
Vous devez avoir pour maxime
D'éviter tout mauvais chrétien,
Et sur-tout ces cercles frivoles,

Qui sont de funestes écoles,
Dont frémit l'homme vertueux !
C'est dans ces lieux que la jeunesse
Se prépare les maux affreux
Qui la rongent dans la vieillesse !
Soyez d'ailleurs toujours unis,
L'amitié fera votre force,
Elle vaincra vos ennemis ;
Vainement le jaloux s'efforce
De détruire les doux liens
Que chaque jour elle resserre.....
C'est le plus précieux des biens
Dont on peut jouir sur la terre.
Lorsque le dieu d'hymen voudra
Vous appeler sous son empire,
D'un père qui vous adora,
Sans qu'on ose le contredire,
Mes enfans, suivez les avis ;
Choisissez pour votre compagne
La vertu, l'honneur l'accompagne,
Le sage en est toujours épris.
Que dans aucun temps le caprice
Ne vous assigne un autre choix.
Pour que le ciel vous soit propice,
Ne suivez jamais que ses lois.

Ah ! la beauté n'est rien sans elle ;
Elle ne dure qu'un matin.
Semblable à la rose nouvelle,
D'abord son éclat est divin ;
Elle nous séduit, nous enchante,
A ses pieds nous voudrions mourir ;
Bientôt, trompés dans notre attente,
Nous la voyons s'évanouir,
Et subir le sort de la rose,
Que nous voyons naître et périr
L'instant d'après qu'elle est éclose.
Promettez-moi, mes chers enfans,
D'écouter ma juste prière ;
De partager mes sentimens,
Car, voici mon heure dernière !
On promit : le père mourut ;
Mais à peine est-il dans la bière,
Que, dans le monde, leur début
Fut de faire tout le contraire
De ce qu'avait prescrit leur père,
Aussi manquèrent-ils leur but ;
Ils périrent tous de misère.

FABLES.

~~~~~~~~~~~~~~~~~~~~~~~~~~~~~~~~~~~~~~

LA CHÈVRE ET LES MOUTONS,

FABLE.

———❦❦❦———

Du haut d'un rocher sourcilleux,
Une chèvre, fière et hardie,
Regardait d'un œil dédaigneux
Quelques moutons qui, sans envie,
Et très-satisfaits de leur sort,
Bondissaient dans une prairie
Dont l'émail était leur trésor:
Je vous plains bien, leur disait-elle;
Et la nature, en vérité,
Fut pour vous avare et cruelle,
En vous donnant ce qu'on appelle
Un peu trop de timidité.
Imitez-moi; quittez la plaine,
Et gravissez avec fierté
Ces monts qui sont de mon domaine;
Venez-y jouir avec moi,
Et dans toute leur étendue,
Des tableaux qu'offrent à ma vue

Des campagnes dignes d'un roi.
Notre ambition est bornée,
Lui répondirent les moutons ;
Contens de notre destinée,
Nos cœurs préfèrent ces vallons
Aux minces tapis de verdure
Que l'on trouve, par-ci, par-là,
Sur ces rochers que la nature
Sans cesse en marâtre traita.
Ici, les plus gras pâturages
Qu'arrosent cent petits ruisseaux,
Appellent de tous les villages
Et les bergers et leurs troupeaux.
Sur la cîme des monts arides,
Si vous trouvez le vrai bonheur,
Restez-y ; pour nous, moins avides
De biens, de gloire et de grandeur,
Nous nous plaisons dans ces prairies ;
Elles captivent notre cœur,
Qui ne goûte point vos folies.
L'orgueil n'aime point les leçons.
La chèvre à celle-ci sensible,
Insultait déjà les moutons
Qui l'écoutaient d'un air paisible ;
Lorsque tout à coup le rocher

Auquel elle était suspendue,
Du mont vint à se détacher,
Et l'entraîna toute éperdue,
Au fond d'un précipice affreux,
Où la mort devint son partage.

L'on cesse toujours d'être sage
Quand on devient ambitieux.

LES VIOLETTES,
LA TULIPE ET LA PRIMEVÈRE,
FABLE
A VICTORINE M.....

Des violettes embaumaient
Le petit jardin de Glycère;
Tout près d'elles aussi croissaient
La tulipe et la primevère,
Qui, respirant leur douce odeur,
Disaient: Envers nous la nature
A commis une grande erreur!
Si nous ne parlons pas au cœur,
A quoi nous sert tant de parure?
Jamais la beauté sans vertu

Tom. I. E

N'a captivé nul homme sage;
Et c'eût été sans avantage,
Si sans parfum rose eût paru.
Les violettes entendirent
Les justes plaintes de leurs sœurs,
Et, pour les calmer, leur offrirent
De leur faire part des faveurs
Dont les dieux les avaient comblées.
Ces offres furent acceptées;
Car, trompé par l'odeur, Zéphir
Cueillit bientôt la primevère,
Tandis qu'il avait cru cueillir
Des violettes pour Glycère.

    Ainsi dans ta société
On prend, aimable Victorine,
De la vertu, de la bonté,
Sans cesse une empreinte divine !
J'avais, en traitant mon sujet,
Ton cœur pour unique modèle;
Je n'en vis pas de plus parfait.
Ainsi que la rose nouvelle,
Tu sais répandre autour de toi
Ces rares qualités, ces grâces,
Qui nous imposèrent la loi
De marcher toujours sur tes traces.

~~~~~~

LA LINOTTE et LA TOURTERELLE,

FABLE

A ÉLÉONORE B.....

———

Une linotte dégourdie,
En voyant passer un serin,
Dit aussitôt à son amie :
Que m'en dis-tu ? n'est-il pas bien ?
        Je n'ai vu de ma vie,
        D'aussi gentil oiseau !
Mes yeux le trouvent fait à peindre.....!
Ton caractère est bien à plaindre !
Un rien dérange ton cerveau,
        Lui répond sa commère ;
        Inconstante et légère,
        Le plus petit moineau
        Qui vient frapper ta vue,
Te rend d'amour toute éperdue.
Le serin, le geai, l'étourneau,
Tour à tour captivent ton ame,

Trop promptement ton cœur s'enflamme,
Cela n'est ni décent, ni beau.
Sans te fixer, je penche à croire
Que tu descendras chez les morts,
Et qu'on rira de ton histoire.
　　　Reconnais donc tes torts :
　　　Fixe-toi ; la nature
　　　T'impose ce devoir ;
　　　Courir à l'aventure,
　　　C'est s'enlever l'espoir
De passer doucement sa vie.
　　　Penser tout autrement,
　　　Selon moi, c'est folie,
C'est même, je crois, un tourment.
Le discours de la tourterelle
Était fort sage et très-prudent ;
Mais la linotte sans cervelle
Prit la chose différemment,
Et persista dans sa conduite :
Aussi, la vit-on dans la suite,
Lorsqu'elle eut tout à fait vieilli,
Seule, sans honneur, sans appui.

　　　Si comme vous, Éléonore,
Le sexe que vous honorez

Par votre esprit, et plus encore
Par les vertus qu'on voit éclore
Sur vos pas toujours assurés,
  Voulait dans sa jeunesse
  Réfléchir, tant soit peu,
Sur les dangers qu'il court sans cesse;
S'il voulait modérer le feu
  Qui nourrit ses caprices,
  Il n'errerait jamais;
Son cœur conserverait la paix
Qui du vôtre fait les délices.

ADÈLE,

FABLE

A SELIMA M....... B......

Un jour, comme un zéphir léger
Qui parcourt les jardins de Flore,
Dans un parterre, dès l'aurore,
On vit Adèle voltiger,
Et sur les fleurs qu'on voit éclore

Aux premiers feux du dieu du jour,
Porter ses mains, jeunes encore,
Pour les enlever sans retour
A leur tige tendre et légère.
Tout fut ravagé; les soucis,
L'œillet, les lis, la primevère
Couvraient le sol de leurs débris;
Mais notre petite Mégère
Reçut bientôt le juste prix
Que méritait son caractère. —
Ayant voulu de ses deux mains
Attenter aux jours d'une rose
Souveraine de ces jardins,
Et depuis peu d'instans éclose,
Celle-ci lança mille dards
Sur cette jeune turbulente,
Et cruellement l'ensanglante
Pour la punir de ses écarts.
Adèle en pleurs court vers sa mère,
Qui, bien loin de la consoler,
La gronda d'un ton fort sévère
Et la laissa se désoler.

Aimable Selima, d'Adèle
N'imite point les sots écarts:

A la raison reste fidèle ;
Dès-lors vers toi, de toutes parts,
Te prenant pour leur vrai modèle,
Contens, nous verrons tous les cœurs,
Abjurant leurs folles erreurs,
Voler, s'empresser sur tes traces
Qu'embellissent déjà les fleurs
Qu'y viennent effeuiller les Grâces.
Conserve bien cette bonté,
Cette candeur qu'en apanage
Te légua la divinité !
Quand on est comme toi l'image
De la rose aux jours du printemps,
Et qu'on a d'ailleurs en partage
Les vertus de ses bons parens,
Pour eux, pour tous c'est un sûr gage
Que Selima sera toujours
De fleurs par le sage enlacée ;
Que nous l'aimerons sans détours :
Nous n'avons point d'autre pensée.

~~~~~~~~~~~~~~~~~~~~~~~~~~~~~~~~~~~~

LA COLOMBE IMPRUDENTE,

FABLE

A SOPHIE D....

MALGRÉ les avis de sa mère,
Une colombe, jeune encor,
Voulut un jour prendre l'essor.
Au début, son aile légère
La seconda, dit-on, très-bien ;
Et d'un seul trait franchissant la prairie,
On la voyait satisfaite et ravie
De se trouver sur le coteau voisin.
Là, dominant une plaine riante,
Elle disait dans son petit jargon :
  Ma mère n'est pas confiante ;
  Que craindre hors de la maison ?
  Ne suis-je pas déjà formée ?
  N'ai-je pas des ailes, un bec ?
  D'être constamment renfermée,
Je languissais ; aussi, sauf son respect,
Je veux user de ma tendre jeunesse ;

Je veux comme elle aller par-ci, par-là ;
Lorsqu'un chasseur à mes jours en voudra,
Pour l'éviter j'userai de vitesse ;
    Je me mettrai hors de son trait,
    Dans l'épais feuillage d'un chêne ;
    De l'oiseleur, mon bec sans peine
    Rompra le funeste filet.
    En un mot, je n'ai rien à craindre.
    Ma très-bonne mère a bien tort
D'avoir voulu si long-temps me contraindre ;
Je ne crois pas, sur ma foi, que mon sort
    Soit sérieusement à plaindre.
    La colombe ainsi raisonnait
    Et de tout côté voltigeait ;
    Lorsque, du plus haut de la nue,
Par un milan elle fut aperçue ;
L'oiseau cruel déjà la convoitait,
    Des yeux encor moins que du geste....
    Sur l'imprudente il fond soudain ;
    Celle-ci n'est pas assez leste,
Et sous sa griffe achève son destin.

    Il faut qu'un jeune enfant révère
    Et se plaise à suivre toujours
    Les sages conseils de sa mère ;

Il doit les suivre sans détours.
De la colombe infortunée
Plusieurs ont éprouvé le sort :
Sophie aura toute autre destinée,
Car ses vertus rappellent l'âge d'or.

LE COQ ET LE MOINEAU,

FABLE.

Je le sais, on vante partout
Vos prouesses toujours galantes,
Disait un jour un moineau du haut bout
A certain coq, dont les ailes battantes
Annonçaient des succès nouveaux.
Votre orgueil est insupportable ;
Car on dirait que des moineaux
La race, à vos yeux méprisable,
Fut sauvée autrefois des eaux
Par une faveur condamnable.
A mon avis vous n'avez pas raison.
Auprès de vous, par ma taille, j'avoue

Que je paraîs un hanneton;
Malgré cela partout on loue
Ma constance dans mes amours;
On ne voit pas que j'abandonne
Celle qui m'a plu; sans détours,
A chaque instant je la couronne;
Et lorsque, secondant nos feux,
Le ciel bénit notre hyménée,
Pour nos petits je fais des vœux,
Et vers eux mon ame entraînée,
On me voit partager les soins
Que leur donne leur tendre mère;
Tous leurs besoins sont nos besoins;
Des moineaux c'est le caractère.
Pour vous l'égoïsme insensé
Est votre unique et vaine idole;
A peine avez-vous encensé
L'objet aimé, que votre cœur s'envole:
Il est par vous à l'instant délaissé.
C'est plus encor: à cette ingratitude
De vos enfans vous joignez l'abandon;
Leur mère seule a la sollicitude
De les soigner: vous n'avez que le don
De la troubler dans cette douce étude!
Ainsi parla le plus fier des moineaux

A ce vieux coq, qu'il voyait se complaire,
Par son chant rauque, à troubler son repos,
  Celui de sa famille entière.
  Le coq à tant de vérités
  Qui l'écrasaient allait répondre,
  Lorsqu'à l'instant sur lui vint fondre
  Un renard des plus effrontés,
  Qui, malgré ses cris, dans son gîte
  L'emporte pour le dévorer.
  Dans tous les sens le coq s'agite ;
  Il supplie, il ose espérer ;
Mais le renard sourd le croque au plus vite,
Et laisse enfin le moineau respirer.

  Ce coq est la parfaite image
  D'une infinité de maris ;
  Tout étrangers à leur ménage,
  Leur femme est toujours en servage,
  Mais pour eux seuls est le mépris.

LA PERRUCHE ET LE COUCOU,

FABLE.

Une perruche, jeune et belle,
Arrivant d'au-delà des mers,
Aperçut de suite autour d'elle
Une foule d'oiseaux pervers,
Qui, d'une contenance sûre,
Partout l'assiégeaient sans mesure
Pour l'entraîner dans leurs travers.
La perruche, dont l'innocence
Jusque-là n'avait éprouvé
Aucun échec de conséquence,
Et ceci n'est pas controuvé,
Demandait au Dieu de ses pères
De vouloir bien la maintenir
Dans tous les principes austères
Dont on eut soin de la nourrir.
Mais bientôt venue à cet âge
Où les désirs parlent aux sens,

Elle ne fut plus aussi sage;
Elle devint même volage:
Ce qui déplut à ses amans.
Elle fit plus : peu difficile
Sur le choix de ses prétendans,
On la vit devenir facile
Avec corbeaux et chat-huants.
Enfin sa conduite fut telle,
Que condamnant tous ses écarts,
Tous les oiseaux à tire-d'aile
Abandonnèrent l'infidèle
Et l'accablèrent de brocards.
Le coucou seul resta fidèle
Pour lui faire oublier ses maux.
Il le devait, car notre belle
L'avait, dans ses jours les plus beaux,
Distingué des autres oiseaux.
Elle fut très-reconnaissante
Des conseils d'un ami si doux;
Car elle le prit pour époux.
La noce fut, dit-on, brillante;
Mais on n'y vit point de jaloux.
Quelques instans dans ce ménage
On vit régner la douce paix.
La perruche, en épouse sage,

Paraissait avoir pour jamais
Abjuré le monde et ses charmes;
Elle versait même des larmes
Au souvenir de ses erreurs.
Larmes feintes! fine et rusée,
Elle regrettait les douceurs
Dont on la crut désabusée;
Elle en imposait par ses pleurs.
Eh! pouvait-elle être sincère?
Oubliant bientôt les bienfaits
D'un mari par trop débonnaire,
Perruche sans lui devint mère.
Elle pondit quatre œufs bien frais,
Dont chacun d'eux avait son père.

Mes bons amis, retenez bien
Du coucou la triste aventure.
Prendre femme est dans la nature;
Du ménage elle est le soutien:
Mais sans vertus femme n'est rien.

LE CHAT ET LA SOURIS,

FABLE.

A l'approche d'un gros matou,
Une souris, loin de son gîte,
Alla se blottir au plus vîte
    Au fond du premier trou
    Qui s'offrit à sa vue.
Mais se serait-elle attendue
Que son plus cruel ennemi,
Qui n'avait pas perdu sa trace,
Voudrait prolonger sa disgrace?
Elle n'avait vu qu'à demi
Tout le danger qui la menace.
    Le chat, fin et rusé,
    Assiégea sa retraite,
Au point que ce qu'elle eût osé
Pour s'opposer à sa défaite,
Eût été par lui méprisé.
Il fut si long-temps en vedette,
Que la souris, sentant la faim,

Se décide à la fin
A tenir ce langage
A son tyran sans frein :
« Seigneur, si mon jeune âge,
« Si ma grande maigreur
« Ne touchent point votre ame,
« Je vais changer de gamme
« Pour vous prouver l'ardeur
« Que je mets à vous plaire.
« Je vais vous enseigner,
« Tout près d'ici, mainte tanière
« Où vous trouverez à saigner,
« Grâces à Dieu, tout à votre aise ;
« En attendant j'engraisserai,
« Et, dans cette hypothèse,
« Beaucoup mieux je pourrai
« Honorer votre seigneurie ; »
Et de suite notre souris,
Dans l'espoir de sauver sa vie,
Au chat indique un vieux logis
Où vingt rats bientôt furent pris ;
Tandis que notre prisonnière
Esquiva cette fois, d'un saut,
La patte de grippe-minaud.
Sa ruse lui fut salutaire.

Mais ce le lendemain fut son tour;
Elle eut beau dire, elle eut beau faire:
 La voyant rôder autour
 De son vilain repaire,
Le chat la croqua sans détour.

Le délateur, pour l'ordinaire,
Subit le sort de la souris :
Tôt ou tard le méchant est pris,
Et la loi ne l'épargne guère.

L'OURS QUI VEUT SE MARIER,

FABLE

A HERSILIE N.....

Hors de son pays transplanté,
Un ours, dit-on, des plus sauvages,
Et des siens même détesté,
Entreprit d'offrir ses hommages
A jeune et gentille guenon,
Dont raffolait tout le canton.
Il fut mal reçu de la belle;

Dans un instant il fut jugé par elle,
Sans politesse et même sans esprit.
L'ours, la voyant pour lui dure et cruelle,
       Auprès d'une tendre gazelle
       Voulut oublier son dépit.
       Semblable accueil reçut le sire;
       Il n'obtint pas même un sourire:
       Celle-ci le trouvant brutal,
       Têtu, d'un mauvais caractère,
       Et tout à fait original,
       Lui fit défendre sa tanière.
Notre galant se jugeait autrement.
Dans le cristal d'une onde vive et claire,
       Pour paraître un peu plus charmant,
On le voyait se mirer très-souvent,
Et s'occuper à boucler sa crinière,
A composer avec soin son maintien.
       Mais cet animal eut beau faire,
Il ne trouva jamais de ménagère
Qui lui voulût confier son destin.

       Lorsque l'hymen, belle Hersilie,
Voudra pour vous allumer son flambeau,
       Qu'à tous votre choix porte envie.
       Ne creusez pas votre tombeau

En pressant trop votre hyménée.
Dans le monde il est beaucoup d'ours
Dont les manières, les discours
Promettent belle destinée :
Méfiez-vous de leurs dehors trompeurs ;
Étudiez plutôt le caractère
De celui qui voudra vous plaire,
Pour n'avoir pas à pleurer vos erreurs.

LA GUENON DÉLAISSÉE,

FABLE.

Une grosse et vieille guenon,
Du fond de l'Afrique arrivée,
Où par parenthèse, dit-on,
Elle fut très-mal élevée,
Se mit follement dans l'esprit
Qu'elle pouvait, sans contredit,
Se regarder d'une autre espèce
Que les guenons de ce pays,
Qu'elle jugea sans politesse,

Sans grâce et très-petits esprits.

A l'entendre elle avait sans cesse
Fréquenté les grands et la cour;
Portant en tous lieux l'allégresse,
Quoiqu'elle fût sur son retour.
Bref, quand elle fut installée,
Pour se donner un petit ton,
Elle attira dans son salon
Gens de la plus haute volée.
(Par gens n'entend-on pas aussi
Guenons et singes? car, que d'hommes
Sont singes au siècle où nous sommes!
Sans me donner bien de souci,
A chaque pas, chose certaine,
J'en compterais une centaine).
Les premiers jours tout fut au mieux;
Notre étrangère surannée
Pour plaire inventait mille jeux.
Chaque chose était ordonnée;
De façon qu'au moindre désir,
Vingt laquais les plus beaux du monde,
Dans l'espace d'une seconde,
A vos ordres venaient s'offrir.
Jamais sur la machine ronde,
J'en suis sûr, on ne vit guenon

Tom. I. E*

Porter si loin l'attention
Quand elle avait cercle chez elle.
C'est aussi pour cette raison
Qu'on l'appelait *ma toute-belle*.
Mais ces plaisirs furent très-courts.
On sut, au bout d'une semaine,
Que notre arrogante africaine
Avait déjà fait plus d'un cours
De mensonge et de médisance.
Souvent un très-léger soupir,
Poussé même sans conséquence,
Lui paraissait un fol désir;
Des gestes insignifians,
Un sourire de l'innocence,
Un seul mot, dit sans méfiance,
Étaient saisis à contre-sens,
Non pas faute d'intelligence.
De là, vingt contes différens
Qu'elle faisait à tous venans,
Sans omettre une circonstance;
Car, sa plus grande jouissance
Consistait chez elle, dit-on,
A déchirer à toute outrance
La jeune et la vieille guenon.
Aussi fut-elle délaissée;

Petits et grands, avec raison,
La bannirent de leur pensée.

Qui vient de loin trompe souvent;
Du ton, un extérieur brillant,
Flattent d'abord nos espérances:
L'erreur bientôt disparaissant,
Nous fait voir qu'il est imprudent
De se fier aux apparences.

LA ROSE ET LE VIEUX PAPILLON,

FABLE.

Un très-vieux papillon
Fut entendu, dit-on,
Dans les prés d'Idalie,
Se plaindre sans raison
Que la rose fleurie
Rejetait ses amours,
Elle qui, tous les jours,
En dépit de l'envie,

Faisait mille sermens,
Que parmi ses amans
Son image chérie
Parlait seule à ses sens.
On le vit donc se plaindre;
Mais la rose sans feindre
Lui dévoila son cœur:
Vous faisiez mon bonheur,
Lui dit-elle, dans l'âge
Où sur l'aile volage
De l'amoureux Zéphir,
Vous m'offriez votre hommage;
Je n'eus d'autre désir
Que celui de vous plaire,
Soyez un peu sincère,
Convenez avec moi
Que dans l'âge où vous êtes
On s'impose la loi
De renoncer aux fêtes
Que préside l'Amour;
Chaque chose à son tour.
Si vous voulez me croire,
Bornez-vous dès ce jour
A conserver la gloire
Qu'à bon titre jadis

Vous vous êtes acquis.
Si vous pouvez encore
Prétendre à quelques droits
Sur les enfans de Flore,
C'est à ceux je le crois
Dont l'amitié dispose.

Ce discours de la rose
Déplut au papillon,
Qui prit son abandon
Pour l'effet d'un caprice.
Mais en vain il rôda
Autour de son calice:
La rose dédaigna
Tout nouveau sacrifice,
Et le congédia.

Lorsqu'au déclin de l'âge
On veut encor être volage,
Plus d'une rose, avec raison,
Nous fait éprouver sans partage
Le sort du papillon.

~~~~~~

LA COLOMBE ET LA PIE,

FABLE

A NADINE B,..,..

Une colombe en sa jeunesse
Avait orné, nourri son cœur
Près de parens pleins de tendresse
Qui ne voulaient que son bonheur.
On la voyait, par sa sagesse,
Servir de modèle sans cesse
A tous les oiseaux d'alentour.
Tous voulaient lui faire leur cour;
Elle était de toutes les fêtes;
Elle en faisait tout l'ornement;
Elle était tout comme vous êtes,
Un être tout à fait charmant.
Car on eût dit en la voyant
Que les Grâces l'avaient pétrie;
Qu'elle n'avait pour compagnie
Que la douceur, le sentiment.
Mais, pour son malheur, une pie,

Bavarde et méchante à la fois,
Et par-dessus tout étourdie,
Sur son cœur crut avoir des droits;
Elle en fit sa meilleure amie.
La colombe dans un instant
Changea de ton, de caractère;
Elle marcha rapidement
Sur les traces de sa commère:
Elle bavardait constamment,
Et sans aucune retenue,
De manière qu'à boule vue
L'on disait très-ouvertement
Qu'elle était tout à fait perdue.
Ce qu'on avait craint arriva;
Elle devint si fort méchante,
Si satirique et si mordante,
Que partout on la méprisa.

Fréquentez-vous des personnes honnêtes,
Je vous dirai, sans être contredit,
J'en suis très-sûr, que vous même vous l'êtes,
Et que chacun en tous lieux applaudit
A la bonté du cœur et de l'esprit
Dont a voulu vous douer la nature.
Vous verra-t-on, même par aventure,

Avec des gens par le vice hâlés,
On va bientôt avec eux vous confondre,
Et vous n'aurez pas un mot à répondre
Quand vous seriez sage comme Thalès.

LE CORBEAU ET LA MESANGE ,

FABLE.

Un corbeau, noir à faire peur,
A qui les belles de sa clique,
Qu'étonnaient sa grande laideur,
Avaient fait très-souvent la nique,
Fit un jour le projet, dit-on,
De changer d'habit et de nom,
Pour tenter ailleurs la fortune.
Un soir donc, c'était sur la brune,
Sans bruit il quitta son logis,
Son dos chargé d'une besace,
Espérant qu'en d'autres pays,
Usant de finesse ou d'audace,
Il pourrait, en nouveau Pâris,
Triompher des plus inhumaines;

Qu'il les verrait autour de lui
Se presser pour calmer ses peines,
Le galant réussit-il ? Oui ;
Ce qui prouve parfaitement
Que personne, dans sa patrie
N'est prophète. Or, voici comment
Notre original sans copie
Sut gagner le cœur innocent
D'une jeune et tendre mesange,
Bien faite et belle comme un ange,
Mais ne cessant de se vanter,
En disant qu'elle était venue
Et directement descendue
Des volières de Jupiter ;
Au point que la belle orgueilleuse
Ne voulant se mésallier,
Refusa l'aigle et l'épervier ;
Mais toujours qui refuse, muse,
Dit un proverbe fort ancien ;
A cela près, ma très-grand'mère
M'en dit infiniment du bien.
A tous, son caquet savait plaire ;
On aurait pu lui reprocher
D'être tant soit peu babillarde ;
Mais en vain voudrait-on chercher

Femelle qui ne fût bavarde ;
Celle-ci n'était pas bâtarde.
Le pélerin la vit un jour
Voltigeant avec ses compagnes
Dans un jardin fait pour l'amour,
Et le plus beau de ces campagnes ;
Il l'a vit, et bientôt son cœur
S'épanouit d'aise et s'enflamme.
Dans elle il croit voir le bonheur,
Et déjà la tient pour sa femme.

Mais le point difficile était
De faire accueillir, par la belle,
L'étonnant et hardi projet,
Qui de notre friand troublait
Raisonnablement la cervelle.
Mais, en maître qui bien connaît
De l'amour toutes les rubriques,
En tapinois il attendit
L'instant où, loin des sots critiques,
Il pût l'entretenir sans bruit :
Ce moment vint, il le saisit.

« O vous ! mesange incomparable,
« Reine de tous les cœurs, dit-il,
« Ne froncez pas votre sourcil

« A l'approche d'un misérable

« Que votre tournure et vos yeux

« Ont enchaîné sous votre empire ;

« Sans vous il ne peut être heureux,

« Et d'amour sur l'heure il expire,

« Si vous ne couronnez ses feux !

« Daignez un instant lui sourire.

« Un corbeau sans doute est bien laid,

« Mais enfin il ne s'est pas fait,

« Car autrement, le pauvre sire,

« Se fût donné, sans contredit,

« Très-beau plumage et de l'esprit.

« En revanche, il est impossible

« De trouver un cœur plus sensible. »

Voici ce que caquet-bon-bec

Lui répondit d'un ton fort sec,

Et même un peu trop irascible :

« Allez ailleurs, pauvre corbeau,

« Porter votre encens, votre hommage ;

« A la reine de ce bocage

« Il faut un plus gentil moineau.

« Je descends de noble lignée,

« On la cite dans la contrée ;

« Dans mes parchemins garantis
« Jusques ici de la vermine
« Et de la dent de nos souris :
« Je l'ai lu ; mais, à votre mine,
« Je vous ai jugé très-grossier,
« Et de père en fils roturier :
« Enfin, chez vous rien ne m'inspire.
« Mais, si vous avez écusson,
« Quartelé de telle façon
« Qu'en le voyant on puisse dire :
« Corbeau n'est pas un polisson,
« Car nous voyons que sa famille,
« L'une des nobles du canton,
« Ne sent pas du tout la guenille,
« Alors je prendrai votre nom,
« Portassiez-vous même béquille.
« Mais si vous ne pouvez prouver
« Que vous descendez d'une race
« Qui peut me regarder en face,
« Je vous tiens plus fat que Vert-Vert,
« Qu'on voulut en vain rendre sage,
« Et plus impertinent qu'un page. »

Ici la mesange se tut ;
Mais le corbeau, rusé compère,

Qui voulait venir à son but,
Ne fut pas d'avis de se taire.

« Vous ne devez pas discuter,
« Lui dit-il, si mon pauvre père
« Descendait du dieu du tonnerre,
« Ou bien s'il pouvait se jacter
« D'avoir des titres sur la terre;
« J'*aime* ! voilà tout le mystère :
« Mais j'aime, hélas! sans nul détour!
« Si vous écoutez mon amour,
« Non jamais aucune mesange,
« De l'Azin * jusqu'aux bords du Gange,
« N'aura coulé des jours si beaux !
« Je suis le phénix des corbeaux.
« Jadis le moineau de Lesbie
« Passa des momens bien heureux
« Dans les mains de sa douce amie!
« Je les effacerai; je veux,
« Malgré le dépit et l'envie,
« Être l'objet de tous vos vœux.
« Je suis un peu présomptueux;
« Mais d'une flamme toujours pure
« On me verra toujours brûler !

---

* Ruisseau qui coule dans le Bas-Languedoc.

« Je n'aime pas en miniature,

« Mon amour ne peut se céler.

« Pour votre généalogie,

« Pénétré d'un profond respect,....

« Je n'y porterai point envie,

« Vous la tiendrez en lieu secret,

« Si vous craignez ma jalousie.

« Croyez que je serai discret ;

« Mon seul désir est de vous plaire,

« Allons, imitez votre père,

« Qui, suivant ce que l'on m'a dit,

« Malgré tous ses parens, s'unit

« A votre séduisante mère,

« Quoiqu'elle fût très-roturière.»

A ce discours rempli d'esprit,

Mesange perdit la parole,

Et dans les griffes de mon drôle

Tout doucement s'évanouit.

Bientôt revoyant la lumière,

Honteuse d'avoir succombé,

Et de voir son honneur flambé,

Elle en eut une peine amère ;

Et quittant trop tard le mutin,

Elle vole à son nid très-vite,

Non sans maudire son destin.
Maître corbeau, content du sien,
D'un autre côté prit la fuite.

Fuyons ces vils adulateurs,
    Qui, par leurs discours séducteurs,
Où la vertu paraît être honorée,
    Font pénétrer dans tous les cœurs
    La morale défigurée.

LE LIS ET LA ROSE,

FABLE.

Du haut de sa tige légère,
Une rose, que sa beauté
Rendait orgueilleuse et très-fière,
Eut la folle témérité
De regarder d'un œil sévère
Un lis qui, bien modestement,
Croissait par hasard auprès d'elle.
Il s'ensuivit une querelle
Dont le lis sortit triomphant:

Vous êtes, j'en conviens, la reine
De ces bosquets délicieux !
Vous y régnez en souveraine,
Lui dit-il, on voit tous les yeux
Fixés sur vous dès que l'Aurore
Annonce les heures du jour.
A midi, la bergère encore
Vous reçoit des mains de l'Amour,
Et vous ornez sa chevelure ;
Le soir vous parez son corset :
La rose est sa seule parure.
Vous êtes heureuse, on le sait ;
Mais ce bonheur, soyez sincère,
Ne dure pour vous qu'un instant ;
Votre existence est éphémère ;
Vous périssez presqu'en naissant.
Pour moi, malgré que la nature
Paraisse m'avoir refusé
Vos parfums, votre dictature,
Dont je n'aurais pas abusé,
Je fus toujours simple et modeste :
Candeur, bonté, voilà mes lois ;
Aussi, par un décret céleste
J'orne les armes de nos rois !

Lorsque nous avons pour asile
L'amour des princes protecteurs,
De cette fable il est facile
De trouver le sens dans nos cœurs.

~~~~~~~~~~~~~~~~~~~~~~~~~~~~~~~~~~~

LES DEUX ROSES.

FABLE.

Deux roses également belles,
Exhalant un égal parfum,
Et respirant l'air en commun;
Enfin, toutes les deux mortelles,
Passaient tous leurs jours en querelles.
L'une, sur un fonds roturier
Avait, disait-on, pris naissance;
L'autre sur un noble terrier
Étalait sa sotte arrogance.
Celle-ci, d'un œil dédaigneux,
Regardait du haut de sa tige
La fleur qu'elle croit que les dieux
Ont fait de droit sa rose lige :

Tom. I. F

Courbe ta tête devant moi,
Lui dit-elle dans sa colère,
Car tu me dois hommage et foi :
C'est à ce prix que sur la terre
Je te permets de végéter.
Crois-moi, presse-toi d'accepter
Les fers que ma bonté te donne.
Je tiens de Jupiter, qui tonne,
Mon privilége et ma couronne,
Et la force de te dompter.

Je respecte, répondit l'autre,
Et vos droits et vos parchemins;
Mais malgré vos titres divins,
En êtes-vous meilleur apôtre?
Le même dieu qui nous forma
Ne mit aucune différence
Entre nous; Rose il me nomma;
Ainsi nous avons même essence;
Nous vivons sous la même loi;
Beauté, parfum, chez vous, chez moi,
Sont les mêmes, et la bergère
Sur les coteaux, dans le vallon,
Nous cueille sans distinction
Pour embellir sa panetière.

Si sur notre tige légère
Le jour nous trouve en son déclin,
Nous arrivons à notre fin
Toutes de la même manière.
Le doux Zéphir qui le matin
Nous accablait de ses caresses,
Devient notre ennemi cruel;
Alors son souffle nous désole,
Et pour nous devenant mortel,
Avec fureur il nous immole.
De nos débris dans un instant
Nous couvrons la terre natale,
Et le lendemain le passant
Ne trouve pas, le plus souvent,
Le moindre indice qui signale
Notre existence d'un moment.

L'esprit, la valeur, la sagesse,
Assurent l'immortalité.
Voilà la meilleure noblesse:
Tout autre n'est que vanité.

~~~~~~~~~~~~~~~~~~~~~~~~~~~~~~~~~~

LA ROSE ET LE JEUNE PAPILLON,

FABLE.

—

Une rose devint éprise
D'un jeune et charmant papillon.
Son air léger et sa brillante mise
Avaient un peu dérangé sa raison;
Elle l'aimait jusqués à la folie!
Elle exigeait qu'à chaque instant du jour,
 Malgré les fâcheux et l'envie,
 Le papillon lui fît sa cour.
La moindre fleur lui causait de l'ombrage;
Pour elle seule il devait à l'amour
 De renoncer sans nul détour
 Au plus innocent badinage
 Avec les belles d'alentour.
 Il obéit: aussi la rose
 Le combla-t-elle de faveurs.
 Mais, chut! je me tais, car je n'ose
 Dire les secrets de leurs cœurs.

Quelques instans le papillon fut sage:
Il le devait à l'amour sans partage
Que lui portait la plus belle des fleurs;
Il ne pouvait être aimé davantage.

   Mais, soit par caprice ou dégoût,
   Il redevint bientôt volage,
   Se promettant, par-dessus tout,
   De fuir un nouvel esclavage.
   La rose essaya, mais en vain,
   De rappeler son infidèle:
   Inutiles efforts; pour elle
   Il ne montra que du dédain.

   Sexe enchanteur, sexe adorable,
   Je t'adresse cette leçon:
   Rarement tu trouves aimable
   L'amant qui n'est pas papillon!
   Souvent aussi de la rose
   On te voit partager le sort:
Plus de beaux jours quand la vertu s'endort;
Dans la vertu le vrai bonheur repose.

LA MÈRE ET SON FILS,

FABLE

A MADAME D... .

ALLONS, quittons les prés de Flore,
Disait Clélie à son enfant,
Ce soir nous reviendrons encore :
Il nous faut donner un instant
A des objets bien plus utiles ;
L'homme n'est rien s'il n'est instruit ;
L'ignorant végète et languit.
Mon fils, de ceux-ci dans les villes
On en rencontre à chaque pas ;
Si vous écoutez votre mère,
Vous ne leur ressemblerez pas.
Vous ne voudriez pas me déplaire,
N'est-ce pas, mon petit ami ?
Allons, quittons les prés de Flore,
Ce soir nous reviendrons encore :
Partout je serai votre appui.

Pendant le discours de Clélie,
Le jeune enfant n'avait cessé
De folâtrer dans la prairie;
Il n'était pas du tout pressé
De suivre sa mère·à l'étude;
C'était plutôt par habitude
Que par goût, qu'il étudiait.
A cet égard, il ressemblait
A tous les enfans de son âge.
Oh Dieux! quels parfums odorans
S'exhalent du sein du bocage!
Ils ont enivré tous mes sens!
Tout à coup Émile s'écrie:
Maman! maman! viens, je t'en prie,
Viens respirer la douce odeur
Qu'ici, loin de toi, je respire!
Non, jamais le tendre Zéphire
Ne doit abandonner la fleur
Qui d'aussi grands trésors recèle!
Combien elle doit être belle!
Je veux à l'instant la cueillir;
Mon cœur brûle de te l'offrir:
A tes soins il doit cette offrande.
Viens m'aider à la découvrir;
Daigne sourire à ma demande.

Clélie, aux désirs de son fils,
S'empresse vite de se rendre,
L'embrasse; on aurait dit Cypris
Caressant de l'air le plus tendre
L'Amour qu'elle vient de gronder.
Cherchons donc cette fleur, dit-elle,
Je me plais à vous seconder;
Mais, serez-vous encor rebelle
Aux ordres de votre maman?
Un sourire du jeune Émile
Rendit bientôt son cœur content.
Calmer une mère est facile;
Clélie adorait son enfant.

A peine Émile avec sa mère
Furent entrés dans le bosquet,
Qu'une belle tulipe, fière
Du vif éclat qui la parait,
D'Émile s'offrit à la vue:
Maman! dit-il, voici la fleur
Dont la douce et suave odeur
A dû flatter mon ame émue.
Il la cueillit au même instant,
Et vola l'offrir à Clélie,
Que ravit cet empressement,

Vraiment cette fleur est jolie,
Dit-elle en caressant son fils ;
Aucune autre en beauté l'égale.
Elle plaît par son coloris ;
Mais de son sein elle n'exhale
Aucun parfum, aucune odeur.
En vous fiant aux apparences,
Vous êtes tombé dans l'erreur :
Craignez, mon fils, les conséquences
D'une aveugle crédulité.
Voyez cette humble violette,
Qu'un excès de timidité
A captivé sous la coudrette ;
Avec moins d'éclat, de beauté,
Elle me plaît bien davantage
Que la fleur qui vous a tenté,
Et dont vous me faites l'hommage.
C'est son parfum délicieux
Qu'on respire dans ce bocage ;
De la vertu vivante image,
Elle se cache à tous les yeux,
Hormis à ceux de l'homme sage !

Madame, en crayonnant ces vers,
Je vous avais présente à ma pensée ;

Comme Clélie, on vous voit empressée
A redresser les sentimens divers
　　Qui pourraient affaiblir, détruire
　　Les conseils qu'à tous les instans
　　Vous prodiguez à vos enfans.
　　Comme elle, par un doux sourire
　　Vous leur rappelez vos leçons :
　　Leur bonheur est digne d'envie;
　　Dieu les combla de tous ses dons,
　　Puisque leur mère est leur amie.

LE LOUP ET LE CHIEN DE GARDE,

FABLE.

Un loup des plus gloutons,
Pendant une nuit fort obscure,
Chez un fermier, riche en moutons,
　　Alla chercher pâture.
Le chien de garde l'entendant
Rôder autour de l'écurie,
　　Et craignant pour la vie
　　De son troupeau bêlant,

Comme un éclair sur lui s'élance
Et lui livre un combat sanglant.
La victoire entr'eux se balance.
A la fin, le loup rugissant,
Parvint à mettre sous sa griffe
Le pauvre chien tout haletant.
Ecoute, lui dit l'escogriffe,
Tu le vois, je suis ton vainqueur;
Je puis user de ma victoire,

En t'arrachant le cœur;
Mais, reviens de ta peur,
Mon droit sera comminatoire,
Si nous pouvons nous accorder.
Je te laisse la vie;
Mais tu viendras m'aider
A pénétrer dans l'écurie;
Je n'y prendrai qu'un seul mouton;
C'est à cette condition
Que je veux accorder ta grâce;
Et lui faisant une grimace,
Plus près, lui serre le bouton.

Mais le chien, trop fidèle
Pour s'arrêter à ses discours,
Se démène, crie au secours;

De rage son œil étincelle ;
Et sa mort eût été cruelle,
Si le fermier et tous ses gens,
Avertis par ses aboiemens,
Ne fussent venus à la hâte
Sortir le chien de sous sa patte.
Le loup au plus vite s'enfuit,
Sans avoir pu faire ripaille,
Laissant sur le champ de bataille
Une oreille et son appétit.

Au péril même de sa vie,
L'homme doit remplir ses devoirs :
Les trahir, c'est perfidie ;
C'est un crime des plus noirs.

LES SECONDES NOCES du CANARD,

FABLE,

On dit qu'un jour un vieux canard,
Venant de perdre sa femelle.
Portait en tous lieux, et sans fard,
Son chagrin, sa peine cruelle,
S'il riait, c'était par hasard.
Oh! la plus belle des canes!
Mon petit chou, tu n'es donc plus,
Disait-il, je dois à tes mânes
D'envisager, pour des rebus,
Tous les trésors de ce bas monde ;
Ma peine, hélas! est si profonde,
Qu'il n'est plus de beaux jours pour moi.
Repose en paix, ma douce amie ;
Si je tiens encore à la vie,
Ce n'est que pour penser à toi.
Pendant plusieurs jours, on assure
Que le canard fut affligé ;
Il l'était même outre-mesure,

Au point que l'on fut obligé
De le forcer à se distraire.
Il se trouva si bien, dit-on,
De cette amicale leçon,
Que celle qui lui fut si chère
Cessa de régner sur son cœur :
Une tout jeune tourterelle,
Pleine de grâce et de douceur,
Une colombe toute belle,
Dont la noblesse et la candeur,
Lui présageaient un vrai bonheur,
Lui firent oublier sa cane.
Devant elles il se pavane,
Il se rengorge, enfin il fait
Tout ce qu'il peut, quoique profane,
Pour paraître à leurs yeux parfait.
Mais la colombe et son amie,
Voyant un galant aussi laid,
Rirent beaucoup de sa folie,
Se moquèrent de son caquet,
Et le refusèrent tout net.
Aussi, soit que ce fût caprice,
Soit qu'amour lui fût peu propice,
On entendit dire un matin
Que ce canard, venu de l'Inde,

Allait se marier enfin,
Qu'il épousait la poule d'Inde.

Combien d'hommes, de ce canard,
Imitent tous les jours l'exemple !
Tous tombent dans le même écart.
Suivant eux, leur cœur est un temple
Où leur compagne a des autels :
Ils font des sermens solennels
Que jamais nul autre, après elle,
N'obtiendra d'eux un seul soupir.
Vain serment ! le premier zéphir
L'emporte bien loin, et plus frêle
Qu'un roseau battu par les vents.
Lorsque la parque meurtrière,
D'une épouse qui fut si chère,
A tranché les jours si charmans,
On voit l'époux, de belle en belle,
Voler, prodiguer son encens.
C'est bien plus : comme un vrai modèle
Des époux passés et présens,
Il plane, plein de confiance,
Sur toutes les beautés qu'il voit,
Et l'orgueilleux, sans peine, croit
Que, quelle que soit sa naissance,

On ne peut pas, sans indécence,
Refuser d'accepter sa main.
Mais le sort du canard soudain
Le frappe et le met sans défense.

LES TROIS PAONS FEMELLES,

FABLE.

Trois paons femelles, d'un orgueil
Absolument insupportable,
Quoique sur les bords du cercueil
Où le riche et le misérable
Sont oubliés et confondus,
Un jour, sur leurs prérogatives,
Tenant des discours superflus,
En vinrent jusqu'aux invectives.
L'une prétendait hardiment
Qu'elle descendait, par les mâles,
Des beaux paons que Genziskan
Vit dans les terres boréales.
Les autres de rire aux éclats,

En lui disant que, dans la Tartarie,
Jamais des paons ne reçurent la vie.
Riez, riez, vous craignez ces débats,
Leur répliqua la princesse tartare :
Pas moins le fait est tel que je le dis,
Et vous savez qu'à peine hors du logis,
En me voyant chacun dit gare, gare !
Laissez passer ; pour vous, c'est par des ris
Qu'on vous accueille, ainsi l'on suit vos traces ;
Ai-je éprouvé de pareilles disgraces ?

    A vous entendre, en vérité,
    L'on croirait que votre noblesse
    Date de toute éternité.
    Heureusement que de vitesse
    Mes ancêtres, au temps jadis,
    Dit la seconde, vous gagnèrent ;
    Dans son char brillant ils traînèrent
Dame Junon aux noces de Thétis.
Voilà quelle est mon auguste origine ;
La vôtre est basse..... Habile à controuver ;
    Dites encor que de Cyprine
    Directement vous descendez ;
Que vous avez sa beauté, sa fournure ;
Sans examen, si vous le commandez ;

Je vous croirai sur tout, je vous le jure,
Allons, parlez, déployez votre esprit;
Vous en avez beaucoup, sans contredit;
En vous formant, on voit que la nature
De tous ses dons vous combla par dépit.

  Pendant ce discours, la troisième
  Les‹regardait avec dédain,
  Témoignant un désir extrême
  De lire aussi son parchemin.
  On se tait, elle parle enfin.
  Le dieu du tonnerre lui-même
Fait moins de bruit, quand il parle aux mortels,
Que l'héroïne alors n'en fit entendre.
Ne croyez pas, par vos contes, m'en vendre ;
Ne croyez pas renverser mes autels,
Dit-elle. Alors sa queue elle étala,
Et tout son corps d'un globe prit la forme.
  On eût dit une masse énorme.
  Voici comme elle leur parla :
Je pourrais bien, sale et vile poussière,
  Me dispenser de dire où je naquis,
De quels parens je reçus la lumière,
Ayant pour vous un souverain mépris,
  Je sais que je devrais me taire;

Mais il importe à mon honneur
De rabaisser votre arrogance ;
Vous êtes d'une suffisance.....
Quoi qu'il en soit, je veux bien par faveur
Vous dire un mot sur ma haute naissance :
Or vous saurez que quand, dans sa vengeance,
Le ciel punit l'homme et les animaux,
Mes bons aïeux, par grâce sans seconde,
Ne furent point engloutis sous les eaux,
Qui, tout d'un coup, submergèrent le monde.
Comme Pirrha, comme Deucalion,
Des dieux vengeurs ils obtinrent leur grâce,
Et garantis de l'inondation,
  Par eux se propagea ma race.

  Ah ! c'est un beau venez-y-voir,
En éclatant, répondirent les autres ;
Tout comme vous nous descendons des vôtres,
En droite ligne, et vous pouvez bien voir
Que nous avons une même encolure,
Même plumage, et même son de voix ;
Ne pensez pas enfin que la nature
  Exprès pour vous ait fait des lois.
  On sent très-bien que la querelle
  Alors s'anima de plus fort ;

Et que, dans un égal transport,
Chacune se montra femelle :
Car, oubliant leur dignité,
On les vit d'un air transporté
S'agiter comme des furies,
En rabâchant leurs généalogies.
Prêtes, enfin, à s'arracher les yeux,
Le puissant roi des hommes et des dieux
Leur envoya, dans sa miséricorde,
Un vieux aigle très-bien instruit,
Pour ramener dans leur esprit
La douce paix et la concorde.
Voici ce que l'aigle leur dit,
Quand chacune eut plaidé sa cause :
Toutes les trois vous avez tort
De vous estimer quelque chose ;
Aucun des vôtres, à sa mort,
Ne mérita l'apothéose ;
J'en suis certain ; comme roi des oiseaux,
De mes sujets je connais tous les titres :
Les vôtres sont, par moi, reconnus faux,
Ils ne sont bons qu'à plaire à des bélîtres,
Ils n'éblouissent que les sots.
Rentrez, rentrez dans la poussière
D'où la nature, en bonne mère,

N'aurait dû jamais vous sortir,
Pour le bonheur de vos semblables ;
Vous êtes si peu respectables,
Que les oiseaux devraient vous fuir.
Ainsi, mesdames, je l'ordonne,
Le mépris sera la couronne
Que l'orgueil doit vous garantir.
Il dit, et vers les voûtes azurées,
L'aigle s'envole et disparaît soudain,
En laissant là nos folles désolées,
Qui de leur nid reprirent le chemin.

Combien de gens, dans le siècle où nous sommes,
Ont mérité semblable jugement !
Beaucoup d'orgueil, point de talent,
C'est aujourd'hui la devise des hommes.

Tom. I.   F*

ODES.

~~~~~~

LA MORT DE L'IMPIE,

ODE.

———✳———

Il va rentrer dans la poussière,
Le philosophe audacieux,
Dont l'incrédulité, naguère,
Bravait et la terre et les cieux.
La mort, sur sa tête coupable,
Suspend son glaive inexorable:
Pour lui le monde va finir!
Bientôt, dans les brûlans abîmes
Que lui creusèrent mille crimes,
Un Dieu vengeur va l'engloutir!

A quoi servent les faux systèmes,
Quand l'impie est devant son Dieu?
Croit-il, dans ces momens extrêmes,
Se sauver par un désaveu?
Déja tout ce qui l'environne
Lui montre la triste couronne
Que lui tresse le désespoir!

L'éternité pour lui commence ;
Il a perdu toute espérance :
Voilà les fruits de son savoir.

Tout ce qui se meut et respire,
Dans l'eau, sur terre, dans les airs,
De l'homme compose l'empire :
Dieu le fit roi de l'univers.
Mais, quand la fleur qui se colore
Aux premiers rayons de l'aurore
Proclame la divinité,
L'athée ingrat, faux et parjure,
Ose dire que la nature
Naquit de la nécessité (*) !

Comme ce roi de Babylone,
Du vrai culte profanateur,
Il lit son arrêt que crayonne
L'invisible main du Seigneur !
Tranquille au milieu de l'orage,
Malgré le sort qu'il lui présage,
Il meurt dans son impiété !

_____

(*) Les matérialistes ne se servent pas du nom de *hasard*, mais de celui de *nécessité*. Racine fils.

Et de prophétiques paroles,
Suivant lui, sont des mots frivoles
Qui lui cachent la vérité.

Les cieux, du créateur du monde
Annoncent partout la grandeur !
Du soleil la clarté profonde
Vient frapper ma vue et mon cœur :
Ils m'apprennent que sa lumière
N'est pas l'effet d'une chimère ;
Je sens qu'un Dieu nourrit ses feux.
Si la mer, malgré ses tourmentes,
Voit ses limites permanentes,
Dieu n'a-t-il pas dit : je le veux !

Quel sera ton pouvoir, perfide,
Philosophe pétri d'orgueil,
Lorsque la mort, au teint livide,
T'entraînera dans le cercueil ?
Pense-tu que ton éloquence
Pourra maîtriser la balance
Où Dieu pèsera tes forfaits ?
Atome insolent, ver de terre,
Encor un jour, et son tonnerre
Va t'ensevelir à jamais.

Dieu n'abandonne point l'impie
Qui l'a rejeté de son cœur ;
Chaque jour sa bonté lui crie :
« Reviens à moi ; crains ma rigueur.
« De mon peuple parcours l'histoire ;
« Le fier Achab périt sans gloire
« Au milieu de tout Israël ;
« Athalie, à son Dieu rebelle,
« Subit la mort la plus cruelle,
« Comme l'infâme Jézabel ! »

Au lieu de ces fêtes bruyantes,
De ces concerts harmonieux
Que de réunions brillantes
Offraient tous les jours à tes vœux,
Ah ! tu n'entendras dans l'abîme
Que les rugissemens du crime,
Les cris affreux du désespoir !
Dans Dieu tu n'auras plus un père ;
Il sera sourd à ta prière ;
Rien ne pourra plus l'émouvoir !

Perdus par ta fausse doctrine,
Je vois déjà des réprouvés
Qui t'accusent de leur ruine :
C'est toi qui les a dépravés.

Ils t'environnent, ils te pressent ;
Tes prières même les blessent ;
Ils brûlent de t'anéantir :
Mais du ciel la juste colère,
Que rien n'éteint ni ne tempère,
Dit que tu ne dois plus mourir !

Non, tu ne mourras plus ; sans cesse,
Pendant toute l'éternité,
Ton cœur dévoré de tristesse
Pleurera son iniquité !
Ils seront vains tes artifices,
Tu subiras mille supplices ;
Souffrir toujours, voilà ton sort !
Chaque jour ton ame oppressée
Rappellera dans ta pensée
Le crime et l'impuissant remord !

De la fausse philosophie,
Misérables propagateurs,
Contemplez la longue agonie
Du complice de vos fureurs,
Zélé sectateur de Voltaire,
Dont la sacrilége carrière
Effraya les sages mortels,

Il va rouler dans les ténèbres,
Entouré des torches funèbres
Qui consumèrent nos autels!

Impie, entends gronder la foudre;
Ton dernier jour est arrivé!
Plus de problèmes à résoudre;
Enfin le drame est achevé!
Contre ton Dieu, contre toi-même,
Ta bouche exhale le blasphème;
Tu veux en vain briser tes fers;
C'est trop tard : ton juge implacable
Repousse ton ame coupable
Et la plonge dans les enfers!

LE RETOUR DES BOURBONS,

ODE.

L'AIGLE a disparu! de ses ailes
On ne le voit plus obscurcir
Des cieux les voûtes éternelles;
Les lis vont enfin refleurir!

Le tyran tombe dans l'abîme
Qu'il destinait à sa victime ;
Le Français renaît au bonheur !
Et dans ses chants pleins d'allégresse,
Il répand en tous lieux l'ivresse
Dont Louis pénètre son cœur.

L'Éternel du haut de son trône,
Du fléau de l'humanité,
Arrache et brise la couronne ;
Il l'a de son sein rejeté.
A l'usurpateur sanguinaire
Succède un bienfaiteur, un père,
Un petit-fils du grand Henri !
Il effacera jusqu'aux traces
De nos malheurs, de nos disgraces :
Sur nos maux Dieu s'est attendri !

Assez long-temps, loin de la France,
Le vrai bonheur fut exilé ;
A sa place, avec insolence,
Le crime s'était installé.
Dans ce renversement atroce
On proscrivit le sacerdoce :
Le Dieu vivant n'eut plus d'autels !

L'on porta plus loin les outrages ;
On rendit de divins hommages
Aux plus scélérats des mortels !

Enchaînant jusqu'à la pensée,
Le délire des novateurs,
Dans la France bouleversée,
Vomit de vils inquisiteurs.
Leur divinité favorite,
La Terreur, marchait à leur suite ;
Que pouvait l'homme vertueux ?
Les échafauds en permanence
Tranchaient les jours de l'innocence ;
Le crime seul était heureux !

Rayons des pages de l'histoire
Ces monstrueux assassinats !
Effaçons de notre mémoire
Encor de plus grands attentats !
Leurs auteurs, enfans d'Eurinome,
Oubliant leur qualité d'homme,
Des rois profanent les tombeaux,
Et sur d'insensibles victimes
Étendent leur rage et leur crime,
Bravant le ciel et ses carreaux !

O saint Denis! dépôt antique
Des restes sacrés de nos rois,
Ne vante plus ta basilique;
Ses catacombes sont sans voix!
Elles n'offrent aux yeux du sage
Que destruction, que ravage,
Produits par d'affreux assassins!
J'ai vu ces brigands, ces furies,
Disperser de leurs mains impies
Les cendres de nos souverains!

Dans ces jours de deuil et de larmes,
Le caprice dictait les lois.
Thémis avait perdu ses charmes;
Pouvaient-ils survivre à nos rois?
De son auguste sanctuaire,
Le magistrat juste et sévère
Par la force fut enlevé;
Nous vîmes siéger à leur place
L'orgueil, l'ignorance et l'audace,
Et souvent l'homme dépravé.

De là, ces jugemens atroces,
Ces sentences d'iniquité,
Dont les peuples les plus féroces

Auraient eu le cœur attristé.
Ils ne sont plus ces temps barbares;
Nous reconquérons nos dieux lares :
Pour nous les Bourbons sont ces dieux!
Toujours sous le règne d'un sage,
La justice fut le vrai gage
De son amour et de ses vœux.

Le commerce et l'agriculture,
L'ame, le soutien des États,
Vont cicatriser la blessure
Due à tant d'affreux résultats.
Bientôt nous reverrons la France
Reprendre sa prépondérance;
Louis nous promet ces bienfaits!
Empressons-nous sous sa bannière;
Méritons qu'il soit notre père:
Ne cessons plus d'être Français.

Rassurez-vous, mères sensibles;
De vos bras faibles et tremblans
Des décrets inhumains, horribles
N'arracheront plus vos enfans.
Ils se doivent à la patrie;
Mais ils n'exposeront leur vie
Que pour ses droits, pour son honneur:

Ces soutiens de votre vieillesse
Pourront vous prodiguer sans cesse
Le juste tribut de leur cœur.

Du délire philosophique,
Illustre martyr, ô Louis !
Par toi, d'un pouvoir tyrannique,
Nous sommes enfin affranchis.
Le ciel, calmé par tes prières,
A tari nos larmes amères ;
Au lis s'est uni l'olivier !
Régis par un autre toi-même,
Nos cœurs seront son diadème,
Et nos vertus son bouclier.

FIN DU TOME PREMIER.

TABLE DES MATIÈRES

CONTENUES DANS CE VOLUME.

ÉPÎTRES.

CONTES.

TABLE   215

FABLES.

ODES.

FIN DE LA TABLE.

ERRATA.

Page 54, ligne 24, *rendu*; lisez: *rendus.*

Page 57, ligne 15, *leurs rigueurs*; lisez: *leur rigueur.*

Page 132, ligne 21, *jouailler*; lisez: *joaillier.*

Page 135, ligne 24, *tourment*; lisez: *regret.*

Page 162, ligne première, *mais ce le lendemain*; lisez: *mais le lendemain.*

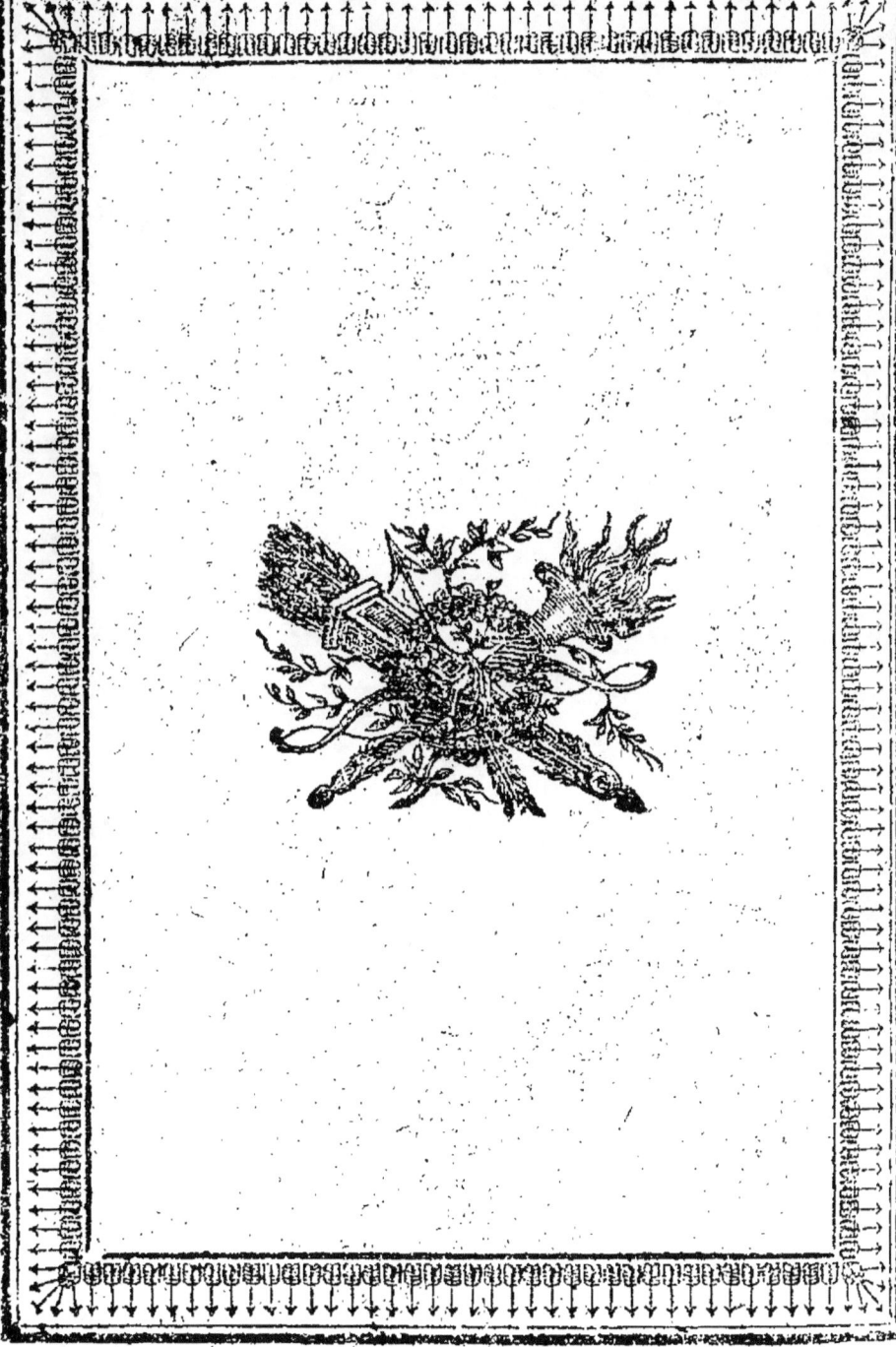